C000226142

1

MENBUKAN

©Carmela Rufanges Ramos

© Autora: Carmela Rufanges Ramos. Año 2019
© Cubierta, contracubierta, diseño y fotografías.
Carmela Rufanges Ramos

ISBN: 9781797485508
No se permite la reproducción total o parcial
de este libro, ni su incorporación a un sistema
Informático, ni su transmisión en cualquier forma
o por cualquier medio, sea éste electrónico, mecánico,
por fotocopia,
por grabación u otros métodos, sin el permiso previo
de la autora.
La infracción de los derechos mencionados puede ser
constitutiva de delito contra la propiedad intelectual
(Art. 270 y siguientes del Código Penal).

MENBUKAN

-¿Yaya, que debo hacer? preguntó Farzana a su abuela. Tenía en sus manos una nota que acababa de recibir de contenido misterioso y redactada con términos un poco rancios.

"Estimada señorita, usted no me conoce, a pesar de esto me permito emplazarla el próximo lunes en el nº 19 - 2º de la calle San Martín, a las 5 en punto por un asunto que creo, merece su interés".

Farzana Freires tiene 21 años, los apellidos de su madre y una exuberante belleza.

Un rasgo que la define y diferencia, son sus raros y únicos ojos totalmente negros, circundados por un brillante anillo azul bordeando el iris, que resulta totalmente único.

Una hermosa mujer de cuerpo atlético, proporcionado y de gestos nerviosos que denotan fortaleza, decisión y que destaca entre quienes la conocen por su sencillez e inteligencia.

Había salido con un par de chicos, pero nada demasiado serio, opinaba que era muy joven para compromisos, pero en realidad nunca había sentido el verdadero amor.

Vivía desde niña con sus abuelos maternos en un pueblo de la costa Valenciana. Su madre, Annita, murió en el parto cuando se encontraba en Bali, trabajando como ayudante de sonido de un aventurero antropólogo en un documental sobre la cobra marina.

A Farzana la entregaron las monjitas del convento de las afueras a sus abuelos con apenas dos meses. La niña estaba envuelta en un fardito de lana y las monjas le explicaron que el hombre que la trajo les dio como único dato para encontrarles, el nombre y apellidos de la madre y la seguridad de que sus abuelos eran vecinos del pueblo.

Así encontraron a Pilar y Damián, haciéndoles entrega junto a la niña, un gorrito malva de hilo que perteneció a su madre y de un papel manuscrito, que decía:

"Como última voluntad de la Srta. Annita Freires Forés, que falleció por causas naturales durante un complicado parto y como únicos parientes conocidos, les entrego a su nieta.

Su nombre es Farzana porque así lo quiso la madre.

Mi más sentido pésame por su pérdida".

-No se hija, dijo su abuela, sabes que no debes fiarte de desconocidos ¿quieres que te acompañe?

-claro que no "yayi" (apelativo cariñoso con el que en ocasiones se dirigía a su abuela) dijo Farzana con decisión.

—Iré yo sola, a ver qué quiere ese señor tan misterioso.

Pero eso será el lunes, añadió despreocupada, y dándole un beso salió hacia la biblioteca del pueblo en la que trabajaba por horas como auxiliar, aprovechando los momentos de inactividad para devorar libros de todo tipo por puro placer.

El sábado transcurrió con normalidad y el domingo no fue diferente a cualquier otro. La abuela Pilar hacía los preparativos del domingo para la paella, el abuelo Damián preparaba la leña y recogía los mejores brotes de hierbabuena para darle al arroz ese toque de aroma y frescura que lo hacía tan personal.

Farzana buscaba flores para ponerlas en la repisa como era costumbre. Una vez por semana se ocupaba de recoger las calas que crecían en el rincón del pozo del pequeño jardín y las ordenaba con exquisito gusto en un jarrón para tal fin, en el que se leía "Recuerdo de Cuenca", que el abuelo Damián le regaló a su mujer en el viaje de novios.

Eran las cinco menos diez del lunes y Farzana acudió a su cita con la despreocupación de quien nada debe temer, pero con un hilito de mariposas que recorría su estómago por lo misterioso de la nota.

La calle San Martín era una calle céntrica de adoquines arreglados en zigzag y farolas dobles de hierro con maceteros de geranios malva en la parte superior. Farzana llegó al número que indicaba la nota, entró en el portal que tenía la puerta abierta y subiendo por una escalera estrecha con manchas de humedad que recordaban a caras de vírgenes, llegó al segundo piso. Las mariposas que rozaban su estómago dejaron paso a latidos acelerados que notaba con fuerza en su garganta como un martillo, a medida que iba acercándose a la maciza puerta con mirilla dorada.

Por fin en un alarde de valentía que llego en el momento justo, llamó al timbre.

Abrió la puerta una mujer de unos 50 años de rostro anguloso y ojos inexpresivamente porcinos, con un desconcertante viso de frialdad plastificada, que contrastaba profundamente con el resto de su serena apariencia.

—Buenas tardes, ¿que desea? Farzana, nerviosa rebusco en el bolsillo de su chaqueta de ante marrón y sacó la nota que había recibido tres días antes emplazándola allí.

—Tú eres Farzana Freires?

Sí, respondió ella.

-Pasa por favor, El Sr Grimalt te está esperando.

La mujer la acompañó a una salita con dos sillones de piel, una alacena con platos de porcelana un poco ajados por el paso del tiempo y una mesita con revistas de tratamientos químicos para frutales y hortalizas. Se notaba por lo impersonal de la decoración y el polvo acumulado que era provisional y que allí no vivía nadie en concreto. Farzana se sentó y vio como la mujer se alejaba por un pasillo poco iluminado que terminaba en una puerta pintada de blanco con muchas capas y manecilla en dorado.

No tuvo que esperar mucho, la mujer volvió en pocos segundos y la invito a cruzar la puerta blanca, que ahora estaba abierta.

Desde donde ella estaba se veía el resplandor del sol de la tarde fusionándose con el humo espeso de cigarro dentro de la habitación, este efecto óptico le recordaba a la iluminación celestial de las estampitas recordatorio de su Primera Comunión.

Buenas tardes señorita Freires, pase por favor, Farzana obedeció y correspondió al saludo con cordialidad.

Se preguntará para que la he citado aquí con tanto misterio. Sin darle tiempo a Farzana a responder prosiguió.

-Deje que me presente, me llamo Arturo Grimalt, soy abogado y represento a alguien que tiene mucho interés en conocerla. Esta persona conocía a su madre, es más, trabajó con ella durante años y les unía una gran amistad.

Por lo que he averiguado lleva usted una vida tranquila y plácida al lado de sus abuelos.

-Farzana escuchaba con atención.

Arturo prosiguió:

-Me ha pedido que viniese a visitarla para transmitirle un mensaje como portavoz de la persona que le he mencionado y que al encontrarse momentáneamente impedida, no ha podido transmitírselo él personalmente como le hubiese gustado. Su intención es compartir con usted los últimos días vividos en primera persona con su madre Annita Freires y transmitirle un descubrimiento posterior relacionado con alguien que podría estar emparentado con usted.

Esta persona es un hombre y le ruega que se desplace hasta la ciudad en la que reside con su esposa, para ofrecerle su casa y poder hablar en profundidad de todo lo relacionado con este tema.

Farzana se quedó pensativa unos segundos y por fin respondió:

—Sr. Grimalt, la única familia que conozco son mis abuelos, a los que adoro. Ellos se han ocupado de mí desde que era un bebé y separarme de ellos…Hizo una pausa.

-Aunque la verdad tengo curiosidad por lo que me cuenta y en lo referente a mi madre, es verdad, tengo necesidad de saber cosas de ella, aunque eso de irme y dejar a mis abuelos solos para desplazarme a otra ciudad, no sé, dijo pensativa.

-Entiendo su postura —dijo Grimalt-, pero solo se trataría de un corto espacio de tiempo para ponerla al día de todo y por supuesto podría volver a su casa cuando usted quisiese.

Cuando Farzana salió meditabunda de la cita con el Sr. Grimalt ya estaba anocheciendo. En la calle San Martín ya se habían encendido las farolas y el adoquinado se veía brillante por la humedad de la brisa marina.

Cuando llegó a casa a quien primero vio Farzana fue a su abuelo Damián arreglando la luz de la terraza, que pasó del parpadeo de la noche anterior a la oscuridad completa.

—Abuelo, dijo mientras le daba un beso, llama a la abuela que tengo que contaros algo importante y necesito vuestro consejo.

Se sentaron los tres en la mesita camilla que había al lado de la chimenea, ahora apagada, porque aunque estaban a principios de marzo la primavera había llegado cálida.

-Cuéntanos hija, dijo Pilar a su nieta con cierta preocupación. Farzana les relató la cita con el Sr. Grimalt y la necesidad impuesta de tomar una decisión en menos de una semana, ya que como él le explicó, tenía alquilada la casa hasta el miércoles y después tendría que regresar.

-¿Regresar a dónde? De donde viene ese tal Sr. Grimalt, preguntó Pilar.

-No quiso adelantarme nada hasta que yo tomase una decisión, le respondió Farzana, me ha asegurado que solo será por un espacio corto de tiempo y que por descontado puedo volver en cuanto lo crea conveniente, ya que le he explicado mis dudas sobre

11

dejaros solos y mis recelos de lo que me voy a encontrar, si decido conocer a esta persona que dice saber algo sobre mis orígenes.

-Abuela, dijo Farzana dirigiéndose a Pilar. Me contaste que mi madre se fue muy joven a Madrid porque se ahogaba en el pueblo, que lo hizo sin vuestro consentimiento y que estuvisteis mucho tiempo sin tener noticias de ella, hasta que con mi llegada os enterasteis de su muerte…

-Pero ¿y mi padre?, ¿te dijo alguna vez quién era? un nombre, algo que pueda ayudarme a localizarlo en caso de que por circunstancias necesitase hacerlo.

Pilar bajó la cabeza desconcertada, mientras Damián la cogía por el hombro.

-Sé que nunca me habéis hablado de este tema porque os resulta doloroso dijo Farzana, a ti especialmente abuela. Sabes que yo nunca he tenido curiosidad, soy muy feliz con vosotros y remover viejas heridas no lleva a ninguna parte. Pero llegado este momento me gustaría saber todo lo que sepáis sobre lo ocurrido.

Damián y Pilar se miraron, y sin mediar palabra, esta última se levantó, volviendo al instante con una cajita de música forrada con tela de *espolín.

Al abrirla sonó una melodía acariciadora. Era la canción "You light up my life" de Debbie Boone, que inmediatamente envolvió la habitación de un halo de magia.

Dentro de la caja había pequeñas joyas, una rosa seca, pendientes viudos y un dedal de porcelana. Pilar sacó su contenido y tiró de una pequeña cinta de raso que asomaba en un lado, descubriendo un doble fondo en el cual se veía un sobre grande y amarillento escrito a mano, donde se podía leer el remite.

"Sta. Annita Freires, Calle Pedro Répides 12, 1º (Madrid)" este contenía un gorrito de hilo malva que Pilar le hizo a su hija cuando era pequeña, y que siempre llevaba puesto.

A Farzana se le aceleró el corazón y sin saber porque, sintió de repente que un nudo de saliva le acudía a la garganta, acompañado de unas ganas de llorar irrefrenables.

-Abuela, es de ella ¿verdad? Dijo cogiendo el gorro malva en sus manos.

-Si hija mía, dijo Pilar con sonrisa triste. Lo llevaba siempre con ella, ya ves, decía que le traía suerte.

*Espolín: Rica tela tejida a mano en un telar, típica de la indumentaria valenciana.

- Lo tenías dentro de la ropita cuando las monjas te pusieron en nuestros brazos.

Esta carta, dijo Pilar acercándola a su cara para olerla con los ojos enrojecidos, la recibimos unos meses antes de que tu nacieras, ¡Parecía tan ilusionada y feliz!

En ella nos anunciaba su embarazo y su partida a Bali, asegurando que cuando volviera vendría a casa contigo. Pero bueno, dijo secándose los ojos, es mejor que lo leas tu misma.

Toma Farzana, las dos cosas te pertenecen, en el contenido de la carta puede que encuentres respuestas.

—Gracias abuela dijo Farzana emocionada dándole un abrazo.

El alfeizar de la ventana de su habitación era su pequeño templo de meditación. Estaba orientada al oeste y al anochecer se podía ver la puesta de sol entre naranjos, invadiéndolo todo con el dulce y penetrante aroma de azahar incrustándose con la brisa, en tranquila suspensión.

Farzana respiró hondo y sacó la carta con sumo cuidado.

"Madrid 25 de junio de 1968

Queridos papá y mamá, os escribo después de todo este tiempo, para deciros que estoy esperando un bebé.

La situación en la que me encuentro puede que no sea la más indicada para traer a un hijo al mundo, pero sé que llenará mi vida de alegría e ilusión y quisiera que fuese un motivo de acercamiento entre nosotros, ya que a pesar de todos nuestros desencuentros, sois mis padres y os quiero.

Dentro de unos días me marcho a Bali por motivos de trabajo, no sé el tiempo que se alargará mi estancia allí, pero cuando vuelva me haría muy feliz presentaros a vuestra nieta (algo me dice que será niña), si es así quiero ponerle el nombre de Farzana, en honor a una buena amiga Hindú que me acogió en su casa y me dio comprensión y cariño cuando más lo necesitaba.

Sé que os haréis muchas preguntas, y os prometo que cuando vaya a veros responderé cada una de ellas.

En lo referente a su padre no debéis preocuparos, es un hombre extraordinario y puedo aseguraros que nuestro bebé es el fruto del amor más puro que pueda existir en este, o en cualquier otro mundo.

Espero veros pronto, presentaros a vuestra nieta o nieto y que este acontecimiento os haga tan felices como a mí.

Necesito que comprendáis y perdonéis.

Con amor vuestra hija.

Annita".

Farzana se quedó unos segundos inmóvil y con las manos temblorosas, levantó la vista hacia el horizonte con los ojos empachados de lágrimas.

Apretando la carta de su madre contra el pecho como si quisiera alojarla en su corazón, susurró con un hilito de voz

-Mamá...

Y llorando desconsoladamente dio por fin rienda suelta a las emociones contenidas en su subconsciente durante años, quedándose dormida unas horas después por puro agotamiento emocional.

A la mañana siguiente Farzana se levantó temprano, con decisión y con una idea muy clara en la cabeza se dirigió a la cocina, donde su abuela Pilar preparaba el desayuno.

—Abuela, abuelo, voy a ir a donde quiera que me lleve esto.

-¿Qué dices hija? , exclamó Pilar soltando el cazo de la leche de golpe cuando se percató que se estaba quemando la mano.

-¿Pero tú has oído Damián?

Lo he oído Pilar, dijo su abuelo, mientras recogía con la cuchara un barquito de galleta que flotaba en la leche, a la vez que miraba a su nieta por debajo de las cejas con ternura y complicidad.

-Lo decidí anoche "yayi", le dijo Farzana, apoyando la cabeza en el hombro de su abuela mientras le daba un cariñoso beso.

—Necesito saber que le pasó a mi madre, necesito respuestas y seguro que vosotros también ¿Lo entendéis verdad?

-No quiero causaros tristeza por nada del mundo, pero si no lo hago me pasaré el resto de mi vida con la sensación de no haber hecho lo correcto.

La abuela Pilar se sentó al lado de su marido.

—Siempre hemos sabido, dijo, que algún día querrías saber sobre tu madre y sobre tus orígenes paternos y aunque lo hemos aplazado todo este tiempo para protegerte, el destino se ocupa de poner las cosas en su sitio irremediablemente.

Como ya sabes, tu madre se fue siendo una niña más joven que tú y por orgullo y prejuicios la perdimos para siempre. Pilar decía esto apretando la mano de Damián con fuerza, mientras sus ojos se volvían brillantes reflejando el dolor que le producía pensar en su Annita y en que no pasaba ni un solo día que no se le retorciera el corazón de pena por su ausencia.

Nos enteramos de su muerte al mismo tiempo que te cogíamos a ti en brazos, sin darnos tiempo a asimilar el dolor de saber que nuestra hija se había ido para siempre. El destino nos había regalado un trocito de ella para poder soportar tanta desesperación y pena.

Haz lo que te dicte el corazón hija mía, sigue el camino y las oportunidades que te brinda el destino, le dijo su abuela mientras la abrazaba con fuerza.

No cometeremos contigo el mismo error que cometimos con Annita, toma tus propias decisiones y busca la felicidad, nosotros siempre te apoyaremos. Farzana miro a su abuelo con la mirada buscando su aprobación. Damián mirándola tímidamente, abrumado por la situación asintió con rotundidad.

Esa misma tarde Farzana, esta vez invadida por otro tipo de sentimientos más agradables, a la par que vertiginosos, se dirigió de nuevo a la casa en la que el día anterior se había entrevistado con Arturo Grimalt, aquel señor de rasgos amables y pelo engominado que fumaba incesantemente mientras hablaba, y que tiraba el espeso humo de su cigarro por una pequeña obertura que dejaba su boca, que posicionada conscientemente en forma circular, fabricaba anillos perfectos de humo, recordándole a una chimenea de barco de mercancías.

De nuevo subió la escalera estrecha que llevaba al segundo piso y llamó al timbre.

La misma señora de ojos porcinos abrió la puerta. Farzana No acertaba a adivinar que tenía esa mujer en la mirada, que a pesar de sus maneras amables y su apariencia tranquila, la dejaba sin aliento.

- ¿Que desea? Dijo en su habitual tono de falsete.

—Perdone, soy Farzana Freires, estuve citada ayer aquí mismo. Ya sé que he venido sin avisar, pero quería hablar con el Sr. Grimalt urgentemente.

-Sí, ya la recuerdo, pero siento decirle que el señor que ocupaba la casa se marchó esta mañana.

Farzana se quedó inmóvil, sintió un mazazo en la cabeza, pero mantuvo la compostura.

- Tiene que ser un error, el Sr. Grimalt me dijo que tenía la casa alquilada hasta el miércoles.

—Lo siento, dijo la mujer, pagó toda la semana por adelantado y esta mañana a primera hora se marchó, pero no obstante le dejó una nota, ahora se la traigo.

La mujer volvió con un sobre azul que le entrego a Farzana.

—Gracias, repuso ella, ¿le dijo algo más?

- No, eso es todo.

Se lo agradezco mucho dijo Farzana. Y se despidieron con corrección.

Al salir de nuevo a la calle Farzana se sentó en un banco de la calle San Martín, abrió el sobre y leyó su contenido con atención.

"Estimada Srta. Freires, si lee esta nota debo deducir que acepta la proposición de conocer a la persona que me ha encomendado su búsqueda.

Por favor, disculpe mi salida apresurada, pero he tenido que atender unos asuntos que reclamaban mi atención inmediata, no obstante le adjunto con esta nota un billete de avión y las instrucciones oportunas para llegar a su destino.

Saludos cordiales.

Arturo Grimalt."

Farzana se dejó caer en un banco, e inspeccionó el contenido del sobre.

Efectivamente encontró todo lo que el Sr. Grimalt decía en su nota. Cerró el sobre azul cuidadosamente poniendo la solapa por dentro, y se dirigió a casa repasando mentalmente todo lo acontecido.

Después de despedirse de sus abuelos con la promesa de cuidarse, Farzana siguió las instrucciones de Arturo Grimalt al pie de la letra.

Ahora ya sabía su destino, un pintoresco y bello lugar situado en la isla de Menorca, llamado *Ciudadela.*

Mientras iba en el avión y por paralelismo a su medio de transporte, echó a volar su imaginación con la convicción de que su padre se había enterado de su existencia y había mandado a buscarla. Con esa esperanzadora perspectiva se quedó dormida en su asiento.

-¡Señorita! ya hemos llegado. Despierte por favor, dijo la azafata a la altura de su oído con suavidad.

-Oh, sí, lo siento mucho, le dijo disculpándose algo aturdida, me había quedado dormida.

Mientras bajaba del avión, Farzana iba buscando con la mirada no sabía muy bien que, o a quien, cuando a lo lejos vio al Sr. Grimalt esperándola, envuelto en ese aura de humo que siempre llevaba consigo.

Era tranquilizador ver una cara conocida entre tanto trasiego de gente yendo y viniendo.

Arturo Grimalt se acercó a ella y después de saludarla se dirigieron al Taxi que los esperaba para llevarlos a *Ciudadela,* que estaba a unos 45 Km. De Mahón.

-Me alegra mucho que haya decidido aceptar, no habrá sido fácil tener que tomar una decisión en tan poco tiempo.

-No lo ha sido Sr. Grimalt, pero tengo mucha curiosidad de conocer a la persona a la que representa tan misteriosamente dijo sonriendo.

Arturo Grimalt le devolvió la sonrisa y guardó silencio.

Mientras iban acercándose a su destino Farzana admiraba el paisaje por la ventanilla abierta del taxi.

A lo lejos se adivinaba la silueta de la ciudad, envolviéndola la sensación de que en esos puntitos blancos, irregulares, rodeados de mar y plagados de calas de arena blanca tamizada, el tiempo era relativo.

Perdida en estos pensamientos y con el viento acariciando su cara Farzana se dejó llevar, sumergiéndose en el disfrute del embriagador aroma y del bello paisaje.

Por fin llegaron. Era a una calle flanqueada por unos enormes olivos ornamentales, que parecía estaban allí desde el principio de los tiempos.

El Sr. Grimalt le dijo al taxista que esperara y bajó la pequeña maleta que Farzana llevaba como único equipaje.

Caminaron unos metros en silencio, cuando Grimalt redujo el paso anunciándole que ya habían llegado.

—Farzana, dijo Arturo Grimalt tuteándola por primera vez, ha sido un placer conocerte y acompañarte, aquí acaba mi cometido, espero que lo que descubras detrás de esa puerta te ayude a encontrar lo que deseas.

-Gracias Sr. Grimalt, le respondió cortésmente.

Farzana se quedó quieta siguiendo con la mirada a Grimalt mientras se alejaba calle arriba hasta que, como si de un truco de magia se tratara se diluyó en la lejanía, envuelto bajo en su habitual aura humeante. Miró hacia la casa que estaba delante de ella buscando la perspectiva vertical del edificio, e intentando imaginar qué clase de personas lo habitaban.

Era una fachada cuidada, pintada de rojo granate con los alfeizares en blanco. Las cerraduras y apliques antiguos que ornamentaban la puerta de entrada, hecha de maderas nobles, brillaban tanto que eclipsaban su hermosura.

Cogió aire como si con ese gesto se reafirmara en la convicción de que hacía lo correcto y con decisión llamó al timbre.

Abrió la puerta una señora de unos cincuenta o cincuenta y cinco años, seguida de una silueta en silla de ruedas.

-¡Hola! ¿Tú debes de ser Farzana?, dijo la mujer con dulzura, Farzana sintió que verdaderamente esa mujer desconocida se alegraba de su presencia.

—Sí. Me llamo Farzana Freires.

-Sí, sí, ya lo sé dijo Elena salas. Pero pasa, no te quedes ahí. Pasa y siéntate, dijo cogiéndole la maleta. No te esperábamos tan pronto, Arturo no especificó cuándo llegarías,

-Espero que te haya tratado bien.

-Muy bien, repuso Farzana, ha sido muy amable.

Farzana miró a su alrededor. Era una casa de espacios abiertos, con mucha luz, y decorada con buen gusto, sencillez, y plagada de antigüedades.

-Mi nombre es Elena, dijo amablemente su anfitriona, pero el que realmente está interesado en conocerte es mi marido Pablo, Pablo Traver.

El hombre se acercó manejando la silla de ruedas con torpeza. Perdóname Farzana, me hubiese gustado ir a buscarte a mí personalmente, pero ya ves cómo me veo, tuve un accidente y me fracturé la cadera por tantos sitios que los médicos han tenido que hacer un puzzle para ponerla otra vez en su sitio. Parece, dijo con resignación, que aún tendré que estar un mes más atado a esta maldita silla.

Mientras le explicaba esto le extendía la mano mirándola a los ojos fijamente. Pablo tenía una apariencia saludable y la piel un tanto envejecida por el sol, sus ojos eran inteligentes y se reflejaba mucha aventura en ellos.

-Eres tú, no hay duda, esos ojos los reconocería entre miles.

Gracias por venir Farzana, prosiguió, para mí es muy emocionante verte después de tantos años, dijo temblando de emoción sin soltarle la mano.

-Bueno, dijo Elena a su marido, dejemos que se instale, seguramente estará cansada del viaje. Ya tendréis tiempo de hablar después de la cena.

—Gracias, dijo Farzana dirigiéndoles una sonrisa.

-Acompáñame, te enseñaré tu habitación. La cena estará lista hacia las nueve, si lo deseas puedes refrescarte y descansar hasta entonces.

La cena resultó muy amena. La Sra. Elena llevaba la voz cantante de la conversación y su marido se limitaba a escuchar, intercalando comentarios agradables de vez en cuando.

Hablaron de cosas cotidianas e intrascendentes y Farzana aunque se sentía relajada, no podía evitar pensar que su estancia allí tenía un fin concreto y que estaba impaciente por conocerlo.

Después de un café con unas pastas en forma de flor y cubiertas de azúcar glas que Farzana encontró riquísimas, salieron a un patio trasero repleto de plantas y enredaderas cuidadas con esmero, de las que empezaban a brotar tímidamente pequeños brotes, preludio de lo que en unas semanas serían aromáticas flores de verano.

-Farzana, debes hacerte muchas preguntas, dijo la Sra. Elena ofreciéndole asiento en el sofá de hierro forjado con mullidos cojines de color burdeos que presidia el patio, haciendo ella lo propio, sentándose a su lado.

Creo que Pablo no ha sido muy específico en su carta.

-Debo admitir que tengo curiosidad, dijo Farzana.

- En estos días me han pasado muchas cosas que han alterado la vida apacible que llevaba al lado de mis abuelos y que aún no he tenido tiempo de asimilarlas, espero que ustedes, me ayuden a poner luz a todo esto.

-Intentaré explicártelo lo mejor que pueda dijo Elena. Por primera vez tomó la iniciativa Pablo, que sentado delante de ella en una silla de idéntico diseño, comenzó a contarle la historia tal y como él la recordaba.

-Yo era el director y redactor de un documental que me llevó a Bali hace unos 22 años. Poco más o menos los que tú debes tener.

En mi equipo había una mujer, Annita Freires, que hacía algún tiempo formaba parte de la plantilla.

Cuando se unió al equipo de trabajo nadie sabíamos que esperaba un hijo, ya que las condiciones en las que íbamos a estar no eran las más idóneas para una mujer en su estado. De haberlo sabido la hubiese persuadido de que no viniese, pero una vez allí y ante su insistencia le permití que se quedara (cosa de la que me arrepiento profundamente por lo que aconteció después).

A pesar de su estado, cumplió con su trabajo de manera admirable. Cuando estábamos acabando el rodaje y preparando la vuelta, Annita empezó a tener problemas, los medios sanitarios en aquella zona eran limitados, pero tampoco nos atrevimos a meterla en un avión, porque su estado era muy delicado y podía dar a luz en cualquier momento.

Decidí mandar al todo el equipo a casa y como responsable moral me quedé con ella para acompañarla, ya que me dijo que no tenía a nadie a quien acudir. Sus padres eran mayores y no quería preocuparlos y localizar al padre según ella era imposible.

No obstante insistí en que me diese sus señas o las de alguien que pudiese localizarlo, pero ella se limitó a sonreír haciéndome una negación con la cabeza.

 Era evidente que tenía sus razones para no decírmelo, así que ya no volví a mencionárselo.

-La llevé al hospital más cercano, y dio a luz en un interminable parto de dieciséis horas.

Pablo hizo una pausa al observar que Farzana bajaba los ojos, cambiando la expectación del principio, por una profunda tristeza.

Al percatarse de la situación Farzana dijo rápidamente mirando a Pablo.

-Sigue por favor.

-¿Estás segura? Dijo él. Farzana asintió.

Pablo tomo aire, y continuó.

-Annita era una luchadora y se aferraba a la vida con todas sus fuerzas, pero estaba muy débil. Los médicos me comunicaron que su corazón no aguantaría mucho más

Annita murió a las pocas horas contigo en sus brazos.

Me ocupé de que tuviese un entierro digno, y lloré.

Lloré por ella y por ti. Porque la había visto luchar por vivir con convicción y fortaleza, pero el destino ya había tomado una decisión, mordiéndola duramente, e inyectándole ese veneno sin antídoto que dicta sentencia.

Cuando te pusieron en mis brazos para que buscase quien se ocupara de ti, te miré a los ojos y me quedé maravillado.

Me parecieron entonces...y ahora que vuelvo a verlos, me parecen los ojos más sorprendentes y únicos que existen.

No sé si lo sabes Farzana, pero tus ojos tienen unas características únicas, que es imposible que se den sin la herencia genética adecuada. ¡Totalmente negros y circundados por un aro azul eléctrico en la pupila! dijo mirándola fascinado.

Sé que son diferentes, dijo Farzana un poco avergonzada por la forma en que la miraba, pero nunca le he dado mayor importancia.

-Por favor Pablo prosigue.

-Claro, perdóname Farzana.

Pablo prosiguió emocionado. Sabía que Annita tenía a sus padres en un pueblecito de Valencia, así que averigüé de cual se trataba y te dejé con las monjitas del pueblo que me habían indicado, a sabiendas que ellas los encontrarían.

Te entregué envuelta en una manta, y dentro puse el gorro malva que Annita siempre llevaba consigo. Sabía que sus padres lo reconocerían inmediatamente.

Me aseguré de que te habían entregado a tus abuelos y retome mi vida, sin volver a acordarme de ti ni de los peculiares rasgos de tus ojos hasta unos años después...

-¿Estás bien?, le dijo Pablo mirándola, te has puesto pálida.

Si, dijo Farzana con decisión.

- Sigue por favor.

-Muy bien, pequeña, dijo cogiéndole la mano de nuevo.

-Como ya te he dicho, Annita formaba parte de mi equipo desde hacía algunos años.

Antes del documental de Bali estuvimos en Borneo para hacer un trabajo sobre el Ave del Paraíso y nos adentramos en la jungla durante unos días. En los ratos libres a Annita le gustaba dar paseos por los alrededores, admirándose según nos contaba después, de que tantas plantas y animales diferentes encontrasen espacio para convivir en armonía.

Siempre decía que teníamos mucho que aprender de ellos.

Cumplimos nuestro objetivo y volvimos a Madrid satisfechos por el trabajo realizado.

Unos años después de fallecer Annita, el destino quiso que me encargaran un documental en la misma ubicación selvática, como continuación y complemento del anterior.

Llevábamos allí dos días, cuando me alejé unos metros del campamento para comprobar unas notas y entonces le vi. Solo fue un momento, salió de la nada, era un hombre alto y bien formado con la piel tintada con algún tipo de barro de un marrón intenso. No me dio tiempo a ver nada más, solo sus ojos, se quedó inmóvil mirándome durante unos segundos con un interrogante en la mirada, que nunca olvidaré y desapareció de la misma manera que había aparecido, dejando en mi retina esos ojos grabados a fuego. Negros, tanto que la pupila y el iris se fundían en uno y rematados con un anillo azul eléctrico.

Idénticos a los tuyos Farzana.

Pablo se quedó mirándola fijamente, Farzana hacía esfuerzos por mantener la compostura, pero tenía la cara descompuesta, así que la Sra. Elena que estaba a su lado, intentando imprimir un tono despreocupado a sus palabras para aliviar la tensión intervino.

- Bueno Pablo, ya está bien por hoy, han sido muchas emociones juntas, ya habrá tiempo mañana de seguir hablando.

Farzana parecía estar ausente, abstraída en sus pensamientos, como si lo de alrededor no existiese, de pronto salió de su ensimismamiento y se dirigió a Pablo

– ¿Porque me cuentas esto?, y para que me has hecho venir a tu casa.

Perdona que sea tan directa, pero necesito saberlo.

Pablo y Elena se quedaron sorprendidos ante la decisión y seguridad que imprimía a sus palabras.

-Es lógica tu curiosidad Farzana y si te he traído hasta aquí es para contestar a todas las preguntas que tengas que hacerme después de revelarte y hacerte participe de algunas de mis vivencias.

Veras, prosiguió Pablo. Cuando volvimos de Borneo no podía quitarme de la cabeza que Annita pudo tener en sus escapadas por la jungla varios encuentros con este hombre, enamorándose ambos.

En la jungla el tiempo es tan relativo, que todo se vive con más intensidad y no puedo negar que deduje que tú, Farzana, eras el resultado de esa relación.

Los días que pasé en Bali con Annita enferma, tu nacimiento y su muerte, crearon un vínculo que ha estado latente en mí durante todo este tiempo. Pensé que era mi deber moral compartir contigo el descubrimiento de este hombre, que si mi corazonada es cierta, podría ser tu padre y el gran amor que Annita tanto protegía.

Farzana asintió. Pero hay algo más...dijo Pablo Traver.

Al ver a aquel hombre y sus características tan especiales, inicié una investigación. Al principio nada coincidía, nadie sabía nada de una tribu semejante por esa parte del país. Acudí a todos mis contactos profesionales entendidos en la materia, sin conseguir nada en claro, hasta que se me encendió la luz. Centré la investigación en la particularidad que tanto me había llamado la atención y que los dos compartíais, los ojos.

Lo que descubrí fue desconcertante. Parece ser que hubo una tribu llamada AMOYAKI (lago negro) en la que algunos de sus miembros tenían esa particularidad, coincidiendo con que su fortaleza física y mental era superior al resto y a los cuales se les atribuían poderes mágicos. Poderes que iban más allá de la comprensión humana.

Hay pocas referencias a ellos en escritos históricos convencionales, pero existe un documento gráfico anónimo, en el que se ve con claridad la rareza de su iris.

Hasta ahí todo entra dentro de la lógica, ya que de todos es sabido que en Borneo existe una primitiva cultura tribal, pero los Amoyakis eran una tribu considerada extinta por entendidos y lugareños desde hacía cientos de años, por lo que tú, Farzana, si en verdad fueses hija de este hombre, superviviente de su raza de forma inexplicable, puedes ser la última persona que este unida por lazos de sangre a este pueblo, un pueblo envuelto en sucesos tan incomprensibles que los que tuvieron contacto con ellos los consideraban mágicos.

-Es tan difícil de creer todo esto, dijo Farzana. Por favor no me malinterpretes, te agradezco mucho todas las molestias que te has tomado. Te doy las gracias por acogerme en tu casa para revelarme y compartir conmigo cosas de mi madre.

 Pero comprende que me cuesta creer que este unida por algún tipo de vínculo a un pueblo que se ha extinguido y mucho menos a un hombre al que solo viste una vez y en el cual creíste reconocer unos ojos similares a los míos, deduciendo que nos une algún tipo de parentesco. Es más, no solo eso, si no que afirmas que hay probabilidades de que sea mi padre biológico.

Pablo suspiró, -entiendo que te sientas perpleja ante tal posibilidad, lo único que puedo decirte es que si quieres o necesitas conocer más sobre una historia, la que yo he vivido y de la cual creo que formas parte, pongo a tu disposición todos los medios y la ayuda que te pueda brindar. Y si prefieres que nada de esto salga a la luz, respetaré tus deseos, y no volveré a mencionarlo jamás.

-Gracias de corazón por darme esa alternativa, dijo Farzana, te prometo que pensaré en ello.

Bueno, dijo Pablo, creo que después de tantas emociones, lo mejor será hacerle caso a mi mujer, ¿no crees Farzana?

Mañana será otro día y lo veremos todo con más claridad.

Tiene razón, mañana será otro día, dijo Farzana con aire pensativo, dirigiendo una sonrisa a sus anfitriones.

Y así, dándose las buenas noches se encaminaron hacia sus respectivas habitaciones.

Farzana se despertó extrañamente optimista, el sol se introducía por las rendijas de las contraventanas como si lo empujasen desde fuera. Entraba a presión y se deshacía en multitud de rayos finísimos y apretados.

Parecía que estaba pidiendo a gritos que alguien se apiadase de ellos y abriese la ventana de par en par para poder liberarse.

Farzana la abrió y la luz inundó la habitación en señal de gratitud y una brisa preñada de aromas envolvió a Farzana.

Sabía que tenía muchas cosas en las que pensar, pero el momento le pareció demasiado onírico para ocuparse de deshacer nudos.

Se puso un vestido vaporoso y sencillo, acorde con la mañana. El gorro de hilo malva y bajó al primer piso, donde ya se oía trasiego de tazas y un delicioso aroma a café.

-Buenos días, le dijo Elena con su desparpajo habitual.

-¿Has dormido bien?, le preguntó.

-Muy bien contestó Farzana con una sonrisa.

Allí, en ese instante y sin saber por qué, le vino encima todo lo acontecido la noche anterior.

Los últimos y dramáticos momentos de su madre con vida, las sorprendentes revelaciones que le hizo Pablo, y una decisión pendiente.

-¿Qué te pasa Farzana, te encuentras bien? le preguntó Elena, estas muy pálida.

-No es nada, ayer fue un día muy extraño y echo de menos a mis abuelos.

Claro, es comprensible, le respondió empatizando con su estado de ánimo, anda siéntate y toma el desayuno, te sentirás mejor.

Mientras desayunaban Elena le contó que su marido había salido temprano para arreglar unos asuntos, pero que en cuanto llegase podrían hablar con tranquilidad de todo.

-Estupendo, dijo Farzana más animada después de tomarse un café bien cargado, acompañado de unas pastitas de yema con almendra.

Muchas gracias por todas las molestias que os estáis tomando por mí, os agradezco sinceramente todo lo que hacéis.

Elena le sonrió mientras se levantaba para retirar las tacitas del café, no hay de qué Farzana, para nosotros es un auténtico placer, al fin y al cabo Pablo te vio nacer y yo he compartido todas esas vivencias a través de él, así que ya es como si fueses de la familia.

Pablo Traver llegó a casa, encontrándose a las dos mujeres en la terraza charlando relajadamente.

Después de saludar a su esposa con un cariñoso beso se sentó al lado de Farzana.

—Dios mío, eres la viva estampa de tu madre con ese gorro, dijo Pablo sonriendo.

— ¿Cómo te encuentras?, le preguntó con una sonrisa.

-Mucho mejor, gracias Pablo.

-¿Has decidido lo que te gustaría hacer con respecto a lo que hablamos?

—Creo que sí. Me gustaría que siguiésemos adelante si no hay inconveniente y saber si tienes algo pensado al respecto.

Precisamente vengo de reunirme con Oriol Ventura, es un Antropólogo Barcelonés con raíces en Mahón, que siempre que puede deja el ajetreo de la ciudad para refugiarse en la antigua casa de la familia.

Desde niño le han apasionado otras culturas, el estudio de las tribus y de las minorías dentro de las minorías.

Sus padres eran unos buenos amigos.

Ellos murieron en un desgraciado accidente aéreo y desde entonces está muy vinculado a nosotros, viniendo con asiduidad por La Ciudadela para visitarnos.

Si te parece bien, puedo llamarle para que pase unos días en casa y así poner en su conocimiento todo lo que sabemos para que nos dé su opinión.

-Es una gran idea, te lo agradezco.

Pablo Traver descolgó el teléfono, invitando a Oriol a pasar el fin de semana con ellos, explicándole a grandes rasgos la historia de Farzana y su posible vinculación con un hipotético superviviente de los Amoyaki.

Le explicó que no había dicho nada anteriormente por qué no sabía si ella estaba interesada en saberlo, o por el contrario rechazaba la idea.

—Imagínate Oriol, si pudiésemos demostrarlo sería un gran descubrimiento biosocial, y una necesidad moral para con Farzana.

-Cuenta con mi apoyo Pablo, ya lo sabes, estaré encantado de ver a Elena y conocer con todo detalle la historia.

Al día siguiente temprano Farzana acompañaba ilusionada a Elena al mercado para hacer la compra, que era más abundante que de costumbre por su presencia y la llegada de Oriol esa misma tarde.

Las calles de Ciudadela que llevaban al mercado eran angostas y con nombres muy peculiares. *"Que no passa","Las arcadas" "Ses voltes"*... ¡Me encanta esta isla! Dijo Farzana entusiasmándose en cada detalle de las enroscadas calles como si fuese un descubrimiento.

Por fin llegaron a la Plaza del Mercado.

Estaba abarrotado de todo tipo de productos. Frutas y verduras recién recolectadas, carnes y embutidos, pescado recién descargado en el puerto. Flores y especias de todo tipo, que con sus colores y aromas penetrantes la transportaban a un universo perfumado y exótico.

Compraron lo necesario para varios días y regresaron a casa charlando animadamente y disfrutando del paisaje.

Eran sobre las siete de la tarde cuando llamaron al timbre.

Elena estaba en la cocina preparando la cena para sus invitados y Farzana la observaba sentada en la mesa de la cocina, mientras disponía pastelitos variados en una bandeja con un mantel de puntilla blanco, exquisitamente planchado.

Oyeron a Pablo con su silla acercándose a abrir y al momento entró acompañado de su invitado.

-Elena, ya ha llegado Oriol, dijo Pablo seguido del joven.

Se dieron dos cariñosos besos y se cogieron de las manos mirándose.

-Deja que te vea. ¡Estás fenomenal!, aunque más flacucho, le dijo Elena en tono de reproche cariñoso.

—Sin embargo tú estás más guapa que nunca. Anda zalamero, le contesto Elena sonriendo.

-Ven, quiero presentarte a Farzana, imagino que Pablo te habrá comentado...

-Sí, estoy al corriente de todo.

—Encantado, dijo dirigiéndose a Farzana. Esta se levantó extendiéndole la mano y correspondiendo al saludo con una sonrisa.

Oriol tenia veinticinco años, era alto, moreno y de rasgos afilados, varoniles y sensibles.

Farzana y Oriol conectaron de inmediato y durante la comida intercambiaron todo tipo de vivencias. Oriol le explicaba todo lo que tenía que ver con su pasión, el estudio de las pequeñas etnias y tribus, que había ido recopilando a lo largo de los años, Farzana lo escuchaba atentamente, interrumpiéndolo solo cuando algo le parecía tan apasionante que quería que se lo detallara en profundidad.

Después de una comida deliciosa y un té rojo con canela en el patio, Elena se excusó y se dirigió a la cocina dejando a los tres solos a la sombra del pequeño cañizo que los resguardaba del sol de la tarde.

—Oriol, dinos, dijo Pablo ¿qué opinas sobre todo lo que te he contado?, me gustaría que nos orientaras dándonos la opinión de un experto.

Oriol no tenía ninguna duda al respecto.

—Si hay alguna posibilidad de encontrar a este hombre y demostrar que es padre de Farzana, tenemos que ir en su busca. Para ser sincero tengo muchas dudas al respecto sobre su origen. Sobrevivir un solo individuo a un pueblo extinto en las condiciones actuales parece bastante improbable, pero no lo sabremos si no lo comprobamos in situ.

Farzana intervino

— Y en el caso improbable que lo encontrásemos, ¿qué derecho tenemos a inmiscuirnos en su vida?

— Puede que tengas razón, pero si de verdad tuvo una relación amorosa con tu madre, creo que le gustaría saber de tu existencia, dijo Oriol dirigiéndose a Farzana. Yo también soy de la opinión que esto debe quedar entre nosotros. No sabemos qué vamos a encontrar, ni en qué condiciones se encuentra, si está solo o convive con algún pequeño grupo social de su raza, ya que en Borneo existen diferentes tribus que siguen viviendo en la jungla y mantienen sus costumbres y estilo de vida intacto. Sea como fuere quiero ayudaros. Estoy a tu disposición Pablo, ya lo sabes.

Pablo se dirigió a Farzana — ¿quieres que vayamos en su busca? tú tienes la última palabra.

Te dije que respetaría tus deseos y así lo haré.

Solo quiero, dijo Farzana, que esto se lleve a cabo con la promesa por vuestra parte de que nada de lo que se haga comprometerá el presente y el futuro de este hombre o de otras personas de su entorno, si es que las hay. Es la única manera decente que se me ocurre para irrumpir en su vida.

Pablo y Oriol se miraron complacidos.

-Por supuesto Farzana le dijo Pablo, la madurez y la sensibilidad de tus actos y de tus palabras te honra.

-Bien, exclamó este último, está decidido. Y dirigiéndose a Oriol le dio la mano complacido.

- En cuatro semanas podré levantarme de esta maldita silla y emprender este reto que tenía clavado como una espina, desde que vi los ojos de aquella niñita desvalida de Bali y que luego redescubrí en aquel ser extraordinario, que tuve a centímetros de mi cara durante unos segundos, preguntándome suplicante con la mirada por Annita.

-Puede que sea el último reto al que me enfrente en mi vida y espero que el primero de muchos de la tuya querido Oriol.

-Perdonadme, dijo Farzana, siento interrumpir el momento, pero creo que os olvidáis de algo. Los dos hombres la miraron con curiosidad
– ¿A qué te refieres, dijo por fin Pablo?

—Pues que si todo esto parece girar en torno a mí, yo quiero formar parte con todas las consecuencias.

Vine aquí dejando a mis abuelos, que son las personas que más quiero en el mundo. Antes de irme me dijeron que me dejase llevar por la intuición y es lo que voy a hacer. Pablo, tú me dijiste que si quería seguir adelante me ayudarías en todo lo que pudieses.

—Claro Farzana y sigue en pie. Entonces, ¿hay algún inconveniente en que viaje con vosotros a Borneo?

-Pablo no pudo contener una pequeña sonrisa.

-Ya contaba con ello Farzana,

Las siguientes semanas pasaron con mucha rapidez, estaban envueltos en preparativos, y Pablo en plena terapia de recuperación de la cadera.

Oriol se fue a Barcelona para dejarlo todo organizado y... por fin llegó el día.

Pablo y Farzana salieron del aeropuerto de Mahón a Barcelona, donde les esperaba Oriol.

Un vuelo los llevó a Kuala Lumpur y de allí cogieron otro vuelo a Kuching, la capital del estado de Sarawak, en la península de Damai. Llegaron casi anocheciendo y lloviendo a mares.

Agotados del viaje se dirigieron al hotel donde Pablo había reservado de antemano tres habitaciones.

Era un hotelito inmerso en la selva, en plena naturaleza y a una distancia prudencial de la zona donde acamparon Pablo y su equipo la última vez que estuvieron allí.

Después de registrarse, subieron a sus habitaciones, despidiéndose hasta el día siguiente.

Farzana fue la primera en despertarse. La habitación que la noche anterior le había parecido lúgubre y minúscula, ahora con el sol tomaba una dimensión muy diferente.

Sentada en la cama recorrió con la vista cada rincón.

Había una mesita de noche con una lámpara negra y blanca con motivos étnicos. La ropa de cama y las paredes eran blancas y había una ventana sorprendentemente grande, teniendo en cuenta el tamaño de la habitación, por la que se veía la frondosa vegetación del entorno. Una cortina de fibra de coco y una alfombra del mismo material.

Después de asearse y vestirse con ropa cómoda, se puso su inseparable gorrito de hilo malva, y bajó a tomar el desayuno.

El comedor estaba en una terraza bordeada por una valla hecha de madera oscura, con maceteros de plantas verdes de diferentes especies, que se fusionaban con el fondo frondoso de la jungla. Y en el centro una zona acristalada con un comedor interior que se encontraba vacío en esos momentos.

Buenos días, dijo de forma tímida al entrar, sentándose en la mesa más alejada de la entrada.

Había solo dos mesas ocupadas, ya que era muy temprano.

La primera la ocupaba una pareja de mediana edad muy acaramelados y en la contigua dos hombres que contrastaban con los constantes arrumacos de la pareja.

Tenían el semblante serio y tomaban el desayuno cada uno absorto en sus pensamientos, sin dirigirse la palabra.

Uno de ellos se acercó al buffet, al pasar al lado de Farzana se quedó inmóvil mirándola unos segundos.

- Perdone, dijo el desconocido. Escuché al entrar que hablaba español. Me llamo Emerson García, dijo extendiéndole la mano y el hombre que me acompaña, dijo señalándolo, es mi socio Asdrúbal.

-Encantada, yo me llamo Farzana Freires, dijo correspondiendo a la mano que le brindaba, sorprendida por el cambio de actitud, ya que cuando entró dando los buenos días ni siquiera la miraron.

-¿Viaja sola?

—No, estoy esperando a unos amigos.

-Ok. Si necesitan cualquier cosa no duden en pedirla, mi socio y yo estaremos encantados de ayudarlos.

—Muchas gracias, dijo Farzana sonriendo. Y haciendo una pequeña reverencia el desconocido se alejó a su mesa, iniciando una conversación con el hombre que lo acompañaba, el cual se giró rápidamente a mirarla con escaso disimulo.

Estaba Farzana envuelta en estos pensamientos cuando entraron Pablo y Oriol, que se habían cruzado en la escalera, bajando juntos a desayunar.

-Buenos días madrugadora, dijo Oriol con expresión cariñosa.

-Buenos días respondió, alegrándose de su presencia y de la de Pablo.

– ¿Ya has desayunado?

—No, acabo de llegar, estupendo, así podemos planificar el día.

El buffet tenía todo tipo de frutas. Ensaladas, quesos, bollos, y especialidades de la zona.

Después de servirse un abundante plato y un café bien cargado Farzana preguntó:

– ¿Por dónde vamos a empezar a buscar Pablo?, esta jungla debe de ser inmensa.

—No te preocupes por eso, llevo un buen mapa, y tengo localizada en mi memoria la zona donde acampamos. Nos llevaremos las tiendas y todo lo necesario para quedarnos el tiempo que haga falta hasta que lo encontremos, o mejor dicho, que nos encuentre, no debemos olvidar que él está en su entorno natural y si no quiere ser localizado sería una pérdida de tiempo. Deberemos esperar y confiar que sea él, el que quiera encontrarnos.

Oriol lo escuchaba asintiendo. Pablo prosiguió,

-Debéis tener en cuenta que vamos a adentrarnos en unos de los parajes más inexplorados del planeta, por lugares que dicen los nativos "solo pueden viajar los espíritus" y que en el mapa pone "zona desconocida".

A Farzana le recorrió un escalofrío por la espalda.

Cuando acabaron su almuerzo, que sería el último en la civilización por un tiempo indeterminado, subieron a sus habitaciones cogiendo lo estrictamente necesario para afrontar la aventura.

Después de andar varias horas adentrándose en la jungla, montaron un pequeño campamento para descansar.

Pablo calculaba que aún les faltaban un par de días para llegar a la zona en la que estuvo años antes rodando el documental, así que decidieron tomárselo con calma y reponer fuerzas.

-Farzana, dijo Pablo, eres muy valiente, imagino que estarás exhausta. No has dicho nada en todo el camino.

-Sí que lo estoy dijo Farzana, pero teniendo en cuenta la falta de costumbre, se podría decir que estoy extrañamente animada.

– ¿Pasaremos aquí la noche Pablo? preguntó.

–Creo que será lo mejor. Está oscureciendo y es peligroso seguir.

Oriol estaba montando la tienda, siempre pendiente de Farzana y Pablo se dispuso a calentar la cena para los tres.

Con el estómago lleno y ya más relajados, se apretaron alrededor del fuego.

Pablo contaba con pasión las aventuras vividas en su dilatada carrera dedicada a filmar documentales por todo el mundo.

Oriol bromeaba diciendo que él era un aventurero de despacho, atrapado en su burguesa vida a caballo entre Barcelona y Mahón.

-Es fascinante para mí estar en el corazón de la jungla de Sarawak, dijo Oriol. En el mismo sitio donde los terribles guerreros IBAN cortaban las cabezas de sus enemigos, porque pensaban que hasta que no colgaran varias del techo de sus casas estaban desprotegidos.

-Sigue por favor, le dijo Farzana fascinada.

-Esta tradición fue abolida por la administración inglesa a mediados de este siglo. Y aunque siguen siendo una etnia mayoritaria, están totalmente integrados a los nuevos tiempos.

-Afortunadamente para nosotros, dijo Pablo sonriendo.

Farzana escuchaba con entusiasmo, pero poco a poco la iba venciendo el sueño y el cansancio acumulados.

-Será mejor que nos acostemos dijo Pablo haciendo a la perfección su papel de jefe de la "expedición". Mañana nos espera un largo camino.

Pablo se levantó al amanecer y recogió el campamento dejando a Oriol y Farzana descansando.

Cuando acabó la tarea, a falta de las tiendas en las que ellos dormían, les despertó con sigilo para no alterar la paz de los habitantes de la jungla, que por experiencia sabía que los observaban sin dejarse ver.

-Annita, esto te encantaría pensó y después de recoger todo en las mochilas siguieron adelante.

Hacía un calor asfixiante y la humedad contribuía a que la sensación fuese más sofocante, la vegetación era tan espesa por todas partes que había muchos sitios por los que ni siquiera se podía ver el cielo.

Oriol y Farzana aguantaban con dignidad, así que eso animó a Pablo para seguir adelante.

—No sé si vamos por el sitio correcto, dijo Pablo pensativo en un descanso para mirar el mapa. Y este riachuelo que aparece y desaparece a su antojo resulta desconcertante. Tendremos que seguir por intuición, es imposible saber dónde estamos exactamente.

Estaba Pablo explicando esto, cuando de repente oyeron un fuerte crujido, los tres vieron algo que se alejaba, perdiéndose en la espesa vegetación.

—Es extraño, dijo Pablo, los animales que habitan esta jungla no son tan evidentes ante los extraños, les va la vida en ello.

—No te preocupes dijo Oriol, debe de ser algún mono Holandés curioseando.

— ¿Mono holandés?, preguntó Farzana llena de curiosidad.

—Bueno, contesto Oriol, se le llama coloquialmente mono holandés por el parecido que encontraron los indonesios en su día, entre estos monos y los holandeses que los colonizaron. Según su canon de belleza los holandeses les resultaban gordos y con nariz grande y rojiza.

Pero en realidad se les llama monos narigudos, unos animales muy peculiares que habitan en esta jungla.

Después de la explicación de Oriol, que ha Farzana le pareció divertidísima, siguieron andando por la jungla buscando un sitio donde ubicar el pequeño campamento de forma definitiva para poder seguir explorando con más comodidad sin el peso de las mochilas.

Por fin llegaron a un pequeño claro.

Pablo con el machete allanó una zona, en la que los altísimos arboles de más de setenta metros de altura, cubiertos de plantas que trepaban por ellos, dejaban pasar un poco de luz.

-Este sitio es perfecto, dijo Pablo.

– Podemos montar las tiendas y si nos damos prisa aún tendremos tiempo de explorar los alrededores antes de que anochezca.

Cuando lo tuvieron todo en orden Pablo cogió el machete para ir abriendo camino entre la espesura. La flora era fantástica, había cientos de especies diferentes, de extraordinaria belleza.

 Detrás de Pablo iba Oriol, Farzana les seguía a unos metros deslumbrada por toda aquella belleza vegetal.

– ¡Farzana!, dijo Oriol. Ven, mira, una Rafflesia, ¿no es preciosa?

-¿Sabías que es una de las flores más grandes del mundo?

Cuando Oriol se giró extendiéndole la mano para enseñarle el descubrimiento que lo tenía fascinado no vio a nadie.

-¿Farzana, donde estás?

Pablo estaba unos metros delante.

Oriol retrocedió sobre sus pasos y con las manos ahuecadas en la boca la llamó repetidas veces, imprimiendo a sus últimas llamadas un timbre de desesperación.

Pablo al oír los gritos fue en busca de Oriol.

– ¿Qué ha pasado, donde está Farzana?

Oriol no le contestó, corría desesperado en círculo cortándose los brazos con la espesa masa de plantas enroscadas unas en otras.

Pablo lo inmovilizo por detrás apretando sus brazos contra él.

–Cálmate por Dios, ¿qué demonios ha pasado?

-Es Farzana Pablo, dijo Oriol fuera de sí, no está, no la encuentro por ningún lado.

-No puede estar lejos, tranquilízate. Vamos al campamento, tal vez se haya extraviado. Seguramente al verse perdida ha vuelto sobre sus pasos y está esperándonos tranquilamente.

Así lo hicieron.

Oriol marcaba el paso sobre la senda que habían hecho ellos mismos con el machete, llegando al campamento en pocos minutos.

Abrieron las tiendas, inspeccionaron los alrededores llamándola repetidamente.

Todo fue inútil, parecía imposible, de una irrealidad angustiosa.

—Farzana, el motivo de todo, se había esfumado en el aire y ni Oriol ni Pablo podían aceptarlo.

Pablo estaba desolado. Se sentía responsable de haberla metido en lo que ahora veía como un despropósito. Una aventura peligrosa en la que nunca tenía que haberla involucrado.

-Perdóname Annita, se decía entre sollozos, nunca creí que algo así podía pasar. La encontraré, te lo prometo, la encontraré.

Pasaron la noche sentados en el exterior de sus tiendas, en silencio y con la impotencia de no poder hacer nada hasta que amaneciese.

Sin poder evitarlo sus cuerpos se rindieron al cansancio acumulado, quedándose dormidos en el suelo.

Una repentina lluvia matutina cayó sobre ellos, despertándoles sobresaltados. Sin mediar palabra se pusieron los plásticos que llevaban para resguardarse de las lloviznas tan habituales en el clima tropical y salieron en busca de Farzana.

No habían avanzado ni cien metros, cuando vieron que alguien se acercaba.

No se distinguía bien, pero Oriol divisó a lo lejos el color malva del gorro de la chica, que destacaba sobre el verde casi monocromático del fondo.

-¡¡Farzana!! Exclamó.

Oriol salió corriendo hacia ella dejando a Pablo atrás. Cuando llegó a su altura se fundieron en un abrazo.

-¿Dónde estabas?, nos tenías muertos de preocupación. Pablo llegó unos segundos después, ya que su cadera no le permitía aún demasiada movilidad

-Gracias a Dios que te encuentras bien, le dijo abrazándola.

-Siento mucho haberos preocupado, me ha pasado algo. Algo que...

Los dos hombres advirtieron que estaba descolocada y presa de una gran excitación.

—Por favor, dijo a punto de desplomarse. Necesito descansar un poco, me siento mareada.

—Ven, pasa el brazo por mi cuello. Dijo Oriol, cogiéndola en brazos. Y seguidos de Pablo llegaron al campamento.

Oriol dejó a Farzana sentada encima del saco de dormir, fuera de la tienda, y se sentó a su lado.

—Pablo acércate tú también, tengo que deciros algo.

Pablo obedeció sentándose a su lado y cogiéndole la mano la animó a que contase lo que le había pasado.

— He estado con él, dijo.

Con quien pregunto Pablo angustiado, Oriol la miraba fijamente.

—Con el hombre que describiste, dijo mirándolo fijamente.

— ¿Entonces lo has visto?,...no puedo creerlo, pero, pero, dijo Pablo balbuceando, ¡eso es fantástico!

¿Por qué no nos avisaste en ese mismo instante?, podría haberte hecho daño, él no sabe quién eres.

—Me llamó Annita, Pablo, él me confundió con mi madre. Yo estaba petrificada. En un segundo lo vi frente a mí, acariciándome los ojos, al tiempo que brotaban de los suyos las lágrimas más conmovedoras que he visto jamás.

-Cuando le miré a los ojos tan de cerca, fue como mirarme en un espejo. Una imagen proyectada de mí misma.

Pablo y Oriol la miraban en silencio

— No sé cómo ha llegado esto hasta mis manos, pero cuando regresé aquí estaba, dijo enseñándoles una piedra rarísima. Estaba atada a un colgante hecho de materia vegetal.

¡Maravilloso! exclamó Pablo, sin poder reprimir un gritito involuntario de satisfacción.

Era de una transparencia perfecta, brillaba en incontables tonalidades de azul y en el interior albergaba una pequeña perla negra en suspensión.

Él conjunto emitía destellos magníficos, casi hipnóticos.

-Tengo una extraña sensación dijo Farzana angustiada, una inquietud que no acierto a describir.

-Déjame inspeccionarla, dijo Pablo mirándola con atención. ¡Es fabulosa!...no puedo creerlo.

Farzana, esta piedra es legendaria, patrimonio único de los Amoyaki. Cuenta la leyenda que solo podían poseerla los individuos más evolucionados de la tribu y que les confería poderes sobrenaturales.

-Dime, Farzana, preguntó Pablo. ¿Qué pasó exactamente?

Es importante que nos cuentes cada detalle por pequeño que sea de lo que sucedió.

Pablo la miraba con expectación.

Farzana se esforzó por recordar.

–Estábamos de pie. El entorno era confuso, nebuloso, azul, muy azul.

Después de que pareció reconocerme dijo algo en nuestro idioma, pero no lo recuerdo bien, dijo afligida.

–No te preocupes, dijo Oriol con ternura, ya lo recordaras.

-¡No!, dijo Pablo bruscamente. Debes recordarlo ahora, haz un esfuerzo.

Oriol y Farzana se quedaron mirándolo con incredulidad, por la violencia que transmitía en sus palabras.

Al percatarse de lo fuera de lugar que había estado su reacción, Pablo cambio radicalmente de expresión y recuperando sus maneras amables de siempre se disculpó.

Lo siento mucho Farzana, para mí esto es tan fabuloso e increíble. Discúlpame.

-No te disculpes Pablo, dijo Farzana. Estamos todos alterados, intentaré recordar, sé que es importante.

"Mi nombre es Luom. Tú eres mi semilla, última de una estirpe de elegidos que ya creía perdida. Te hago entrega del Menbukan, solo tú puedes descubrir sus poderes que serán una prolongación de los tuyos propios. "

–Eso me dijo exactamente dijo Farzana clavando los ojos en Pablo como si hubiese sido una revelación. Sí, eso fue lo que dijo. Es curiosa la exactitud con que lo recuerdo.

-Así que Luom es su nombre… ¿Qué opinas?, dijo Pablo dirigiéndose a Oriol.

No tengo una explicación científica o coherente a lo que está pasando. Los Amoyaki siempre han estado envueltos por extrañas leyendas de poderes mágicos, de apariciones y desapariciones, muchas veces alimentadas por los nativos.

Por lo que sé, dicen que el Menbukan simula el ojo "negriazul" dispuesto en anillo, distintivo de los AMOYAKI elegidos, y formaba parte de la leyenda, que aquel que osase apoderarse de ella, o causar dolor a su legítimo dueño, moriría de forma inexorable. Esta afirmación forma parte de la leyenda, ya que nunca se supo de nadie que la poseyera. Ni siquiera había pruebas de su existencia.

-Debes de tener cuidado Farzana, dijo Oriol mirándola, y cogiéndole las manos con preocupación (Era evidente que sentía hacia ella sentimientos más allá de la amistad).

-Aunque te cueste,...nos cueste creerlo, rectificó Oriol, todo indica que eres hija de este hombre, Luom.

Pablo asintió.

—Y no estoy seguro de que representa todo esto, pero indudablemente va más allá de lo que ninguno de nosotros hubiese imaginado.

Creo que lo mejor sería que regresásemos al hotel, haré unas cuantas llamadas, necesito recopilar información, porque creo que esto no va a acabar aquí.

-¿Que opináis? Farzana asintió con la cabeza y Pablo contestó con rostro circunspecto

—Tú eres el experto, estoy de acuerdo.

-Bien, dijo Oriol. Que había pasado de estar en un segundo plano a tomar las riendas.

-Regresaremos mañana a primera hora.

Farzana le sonrió y Pablo asintió satisfecho.

Caía la noche temprano en la jungla, Farzana, Pablo y Oriol descansaban en silencio alrededor de la hoguera, después de tomar como cena las raciones de raviolis en lata que llevaban como provisiones y que allí les parecían un bocado exquisito

El ambiente era húmedo y plomizo, solo se oía de forma esporádica algún sonido de ave nocturna y el chasquear de las ramas secas de la hoguera al ser devoradas por él fuego.

Pablo y Oriol parecían ausentes, absortos en sus pensamientos, Farzana los miraba mientras repasaba mentalmente todo lo acontecido.

<Oriol es un hombre tremendamente atractivo e inteligente> pensó sorprendiéndose a sí misma por este pensamiento, a la vez que de forma inconsciente tocaba la piedra que horas antes su presunto padre le había entregado y que ahora colgaba de su cuello. (Que extraño se le hacía ubicar este hecho en su mente)

-Deberías quitártela, dijo Oriol interrumpiendo sus pensamientos.

- No veo porque, le respondió con dulzura, me siento bien con ella. Deja ya de preocuparte, es solo un trozo de cristal.

Pablo apagó la hoguera con los restos del café aguado que acababan de tomar.

Los tres se retiraron a sus tiendas a descansar, con la convicción de que habían vivido algo extraordinario, un descubrimiento fabuloso, que cada uno de ellos esquematizaba y asumía desde diferentes perspectivas.

A la mañana siguiente deshicieron el campamento y se pusieron en camino.

En la mente de Farzana resonaban las palabras de Luom, el descubrimiento de que alguien tan atípico como él pudiese ser su padre y todo el misterio que lo envolvía hacia que se sintiese abrumada.

El viaje de vuelta fue mucho más sosegado. Solo tuvieron que seguir el camino que unos días antes habían abierto.

Por fin llegaron al hotel, dirigiéndose inmediatamente a sus habitaciones a descansar y asearse para la cena.

-Nos vemos a las siete en el comedor, dijo Pablo, Farzana hizo una pequeña mueca de desaprobación que no le pasó desapercibida a Oriol.

-Un poco pronto Pablo, quiero hacer algunas llamadas, os parece a las ocho.

Claro dijo Pablo. Farzana dio su visto bueno encantada, dedicándole una sonrisa de complicidad a Oriol por el detalle.

Estaba tan exhausta que nada más entrar en su habitación y sin deshacer la mochila, se dejó caer sobre la cama y rindiéndose al cansancio se quedó profundamente dormida.

-¿Quién es? Dijo sobresaltada al despertarse por los golpecitos insistentes que daban en la puerta.

—Soy Oriol, ¿te encuentras bien?

—Si. Dijo Farzana levantándose precipitadamente. ¡Madre mía! Exclamó mirando el reloj, son las ocho y media.

-Perdona Oriol, dijo quitándose la ropa mientras hablaba. Me ducho y bajo en cinco minutos.

-Tranquila, tómate tu tiempo, Pablo y yo estaremos en el bar tomando una copa.

-Bien, respondió. Bajo enseguida.

-Perdonadme, dijo Farzana sentándose en la mesita del bar que ocupaban sus amigos. Me quedé dormida.

-No te preocupes, le dijo Pablo amablemente, ya tenemos la mesa preparada, cuando queráis…Y charlando animadamente se dirigieron a la terraza.

Desde la mesa y con solo alargar la mano, se podían tocar las hojas de los árboles de la jungla,

Daba la sensación de que toda aquella frondosidad iba a engullir el hotelito de un momento a otro.

En la terraza inferior se veía una piscina en forma de huevo, con el agua en un dudoso tono azulado.

El suelo que la rodeaba era de la misma madera oscura de la que estaban hechos casi todos los muebles y ornamentos y dispuestas en simétrica perfección podían verse unas tumbonas con unos mullidos y cómodos cojines en color crudo.

Estaban empezando a cenar cuando se acercaron los dos hombres que Farzana conoció días antes.

-Buenas noches, ¿ya están de vuelta? Si, dijo Farzana lacónicamente.

-Por favor, permita que le presente a unos amigos, dijo Farzana sin mucho entusiasmo.

Después del protocolo de las presentaciones Emerson García se dirigió a Farzana con ese inconfundible y melifluo acento sudamericano,

-No he podido evitar fijarme en la extraordinaria rareza de la piedra que luce en su cuello, mi socio y yo nos dedicamos a la tasación de joyas y realizamos informes periciales para aseguradoras, si me lo permite después de la cenar me gustaría invitarla a un licor y proponerle un negocio.

Lo siento señor García, dijo Farzana cogiéndose la piedra en un acto reflejo, no me interesa.

—Pero si aún no sabe qué voy a proponerle, dijo insistiendo en tono de amable protesta.

Oriol que hasta ese momento se había mantenido expectante intervino.

-La señorita le ha dicho que no le interesa ningún tipo de negocio, así que si es tan amable, nos gustaría proseguir con nuestra cena.

 Después de un tenso silencio de segundos Emerson se disculpó con una sonrisa y haciendo su acostumbrada reverencia se dirigió a su mesa seguido de su socio.

Pablo se mantenía en silencio.

—Que vamos a hacer ahora, dijo Farzana mirándole. Ya sabemos que existe y que tu teoría era cierta.

-Descubrir que Luom es mi padre es una de las cosas más maravillosas que me han pasado, y nunca podré agradecerte que hayas sido tu quien lo ha hecho posible, dijo dirigiéndose a Pablo con una sonrisa. Y contra todo pronóstico he tenido la suerte de estar con él, aunque solo haya sido unos minutos.

-Esto me sobrepasa tanto, tendría el convencimiento de haberlo soñado si no fuese por esta pequeña piedra que parece ser todo un símbolo.

-No tienes nada que agradecer.

Las gracias debemos dártelas a ti por haberlo hecho posible.

Este hombre jamás se habría dejado ver si no te hubiese confundido con Annita y se hubiese percatado de la singularidad de tus ojos, entendiendo que tú eras hija suya y de la mujer con la cual compartió amor y pasión durante los días que estuvieron juntos.

Y lo más insólito a mi entender, el Menbukan. Farzana, llevas colgado de tu cuello siglos de leyenda sobre esta inaccesible piedra, a la que se atribuyen todo tipo de poderes sobrenaturales. Y que ahora te pertenece por derecho.

-Creo que hablo por los dos, dijo mirando a Oriol (que asintió sorprendido por el énfasis de sus palabras) si digo que esto es un descubrimiento que compensa todos nuestros años de dedicación a documentar al mundo, cada uno en su faceta, de todo tipo de hechos y costumbres que se alejan de lo cotidiano.

Solo quiero pedirte un favor Farzana, quiero que te quites el Menbukan del cuello, resulta demasiado llamativo. Creo que deberías mantenerlo oculto, es una provocación para los cazatesoros sin escrúpulos

¡Quiero volver a casa! Dijo Farzana de pronto haciendo caso omiso a las palabras de Pablo.

-Tengo que compartir con mis abuelos lo que he vivido aquí y explicarles lo especiales que eran mis padres. Necesito que se sientan orgullosos de su hija y explicarles lo valiente que fue al decidir vivir su vida por encima de estereotipos sociales.

-Pero, ¿y Luom?, dijo Pablo.

–¿No quieres descubrir más de él? Documentarte sobre la vida y costumbres de los tuyos.

Farzana le respondió con determinación. Pertenecemos a mundos diferentes, no espero que volvamos a vernos jamás, pero yo sé que él está y él sabe que existo. El nexo que nos une es suficiente para los dos, así lo siento, porque así me lo ha transmitido el.

-Está bien, dijo Pablo, lo prepararé todo para volver, imagino que es lo más coherente, aquí ya no tenemos mucho más que hacer.

Oriol, estas muy callado, dijo Farzana con media sonrisa. Lo siento mucho, dijo saliendo de su ensimismamiento con una sonrisa. Después de hacer varias llamadas sobre este tema estoy más confundido que al principio, imagino que tenéis razón, lo mejor es volver a nuestras vidas, y considerar lo vivido estos días como un regalo para todos.

En el viaje de vuelta había sentimientos encontrados, ya no eran unos desconocidos, se había creado un vínculo afectivo, y entre Oriol y Farzana empezaban a surgir sentimientos.

Llegaron al aeropuerto de Manises sobre el mediodía.

—Vaya sorpresa se van a llevar mis abuelos, dijo Farzana con ojos brillantes y picaros. No se imaginan nada.

Ya en el taxi, y encaminándose al pueblecito en que se había criado, Farzana era un manojo de nervios.

 Pablo estaba pensativo y Oriol sonreía al verla presa de una excitación casi infantil. Realmente pensaba que era una mujer adorable.

Cuando llegaron era casi media tarde.

-Esperad aquí, dijo Farzana al bajar del taxi, enseguida vuelvo, quiero darles una sorpresa.

Pablo pagó al taxista y este desapareció por la serpenteante carretera que conducía a un acceso principal, para volver a la capital.

Oriol y él se quedaron de pie, mirando como Farzana se dirigía a la puerta.

— ¡Abuela!, gritó. ¡Soy yo abuela! Al no contestar nadie Farzana siguió corriendo por la casa.

-¡Abuela, abuelo! repetía alzando la voz.

 Al no obtener respuesta se dispuso a salir para buscarlos en el patio trasero, al llegar allí vio la silueta de alguien que no acertaba a identificar, era una mujer y estaba sentada de espaldas en el sillón de mimbre de oreja favorito de su abuela.

Se disponía a acercarse a ella, cuando oyó la voz de su querida abuela a lo lejos.

-¡Farzana!, exclamó Pilar emocionada.

Abuela y nieta se fundieron en un abrazo.

—Tengo tantas cosas que contarte, dijo Farzana emocionada. Tenía muchas ganas de veros.

-¿Y el abuelo?

-Vendrá enseguida, dijo Pilar, ya sabes cómo es, no perdona su partida de cartas.

— ¿Pero cómo no has avisado que venías?, a tu abuelo le hubiese gustado estar aquí para recibirte.

- Bueno, ya te verá. Que contenta estoy de verte, dijo abrazándola nuevamente.

-Ven "yayi", voy a presentarte a unos amigos muy especiales.

Farzana cogió a su abuela por el brazo y con una sonrisa la llevó fuera de la casa donde estaban Pablo y Oriol.

Farzana, divertida hizo las presentaciones.

Pilar se limpió las manos con el delantal en un acto reflejo, ya que estaban perfectamente limpias y mirándolos con gratitud estrechó primero la mano de Pablo.

– Le estoy muy agradecida por todo lo que hizo por mi hija y por traernos a nuestra nieta sana y salva por segunda vez.

Y a usted también, dijo dirigiéndose a Oriol, con agradecimiento. Gracias a los dos.

-Bueno, vamos a casa, dijo Pilar después del intercambio de saludos, estaréis muertos de hambre.

Por cierto abuela, se me había olvidado por completo, quien es la mujer que estaba en el patio cuando llegué.

-¿A quién te refieres mi vida? dijo Pilar, no hay nadie más en casa.

-¿Estás segura "yayi"? dijo Farzana confundida, claro hija, dijo su abuela con una sonrisa, que cosas dices.

Pilar estaba en la cocina preparando unas ensaladas con verduras de la huerta que tenía detrás de la casa y una tortilla de patata para cenar.

Farzana, Pablo y Oriol estaban en la terraza.

El evocador aroma a jazmín envolvía la brisa de la noche concentrándose en las gotitas de humedad que al ser inhaladas explotaban en las pituitarias llenándolos de una agradable sensación de bienestar.

Hablaban de su viaje, de lo acontecido desde que decidieran emprender la búsqueda de Luom y el sorprendente resultado de todo ello, cuando a lo lejos vieron las luces de un coche que se acercaba.

-Es mi abuelo, dijo Farzana levantándose llena de excitación.

-Pero como no nos dijiste que venías, dijo Damián sorprendido y feliz mientras se abrazaba a su nieta, que apenas lo dejó bajar del coche.

—Quería daros una sorpresa, dijo Farzana.

—Y lo has conseguido diablilla, dijo mientras se limpiaba la ceniza del cigarro que le había resbalado por la camisa. ¡Qué alegría verte bien! dijo mirándola con una sonrisa de oreja a oreja, estaba muy preocupado, ¿sabes?

-En fin, ya estás aquí y eso es lo que importa. ¿Tu abuela ya te lo ha contado?

-Que me tiene que contar.

-Nada tesoro, hay veces que no sé lo que digo. Eso son los años, que no perdonan, anda vamos.

Se dirigieron a la terraza y después de presentarles a sus amigos, acudieron los cuatro a la llamada de Pilar para cenar.

Iban charlando despreocupadamente hacia allí, cuando Pablo se quedó petrificado mirando al patio. Todos se giraron hacia él, que permanecía inmóvil, ausente. Con la mirada fija.

Farzana se giró en la dirección en la que Pablo estaba mirando absorto.

-¿Qué te pasa Pablo?...*es la mujer que está sentada en ese sillón, dijo para sí.*

-*Annita…* dijo Pablo en un tono de voz casi imperceptible. Repitiéndolo para sus adentros para convencerse de que no había caído en un estado de embriaguez onírica.

Farzana lo miraba atónita, se giró hacia su abuela con mirada interrogante, esta avanzó hacia su nieta cogiéndola por los brazos.

-Yo también tengo algo que contarte hija, dijo Pilar con los ojos llenos de lágrimas, esta tarde cuando me preguntaste quien era no tuve valor.

─Para nosotros también ha sido una sorpresa, una inesperada y maravillosa sorpresa. No quería que te enteraras así, pensaba explicártelo con tranquilidad, pero como casi siempre el destino maneja los momentos a su capricho.

Annita salió de la penumbra y se acercó dónde estaban todos.

Seguía siendo una mujer hermosa y aunque descuidada y extremadamente delgada, sus ademanes eran los de alguien que a pesar de haber convivido con la soledad y la tristeza, seguía teniendo el alma intacta.

Sus ojos rebosaban sufrimiento, pero también esperanza, era conmovedor contemplarla allí, de pie, casi irreal, temblorosa de temor y felicidad…

Farzana no acertaba a reaccionar. Petrificada y rígida seguía allí de pie, mirando con incredulidad.

Pablo no salía de su asombro, no puede ser, es imposible.

Annita se acercó a Farzana.

-Mi hijita es toda una mujer dijo aproximándose con cautela para no aumentar el estado de shock en el que estaba inmersa.

-Llevas mi gorrito de hilo, dijo con los ojos inundados de lágrimas.

Sé que pensabas, dijo Annita haciendo una pausa… que todos pensabais que había muerto, y de alguna manera así es…de pronto se quedó mirando el cuello de Farzana.

-¡Luom! Exclamó.

No pudo continuar, la emoción y su deteriorado estado físico pudieron con ella. Annita se desplomó.

Al cabo de unos segundos volvió en sí. Estoy bien dijo aturdida.

—Bebe esto hija, le dijo Pilar acariciándole la frente a la vez que le acercaba un vaso de *Agua del Carmen.

Receta de los Carmelitas Descalzos a base de alcohol de 80º, melisa, raíz de angélica, limón, canela y agua, que durante siglos se le ha atribuido efectos calmantes

Ya ha pasado todo, ahora estás en casa, ahora todo irá bien.

Annita se repuso casi al instante, -ya estoy mejor, dijo, no os preocupéis por mí.

- Id cenando, yo iré enseguida.

-Como puede ser Annita, dijo Pablo haciendo caso omiso de todo lo que ocurría a su alrededor.

-Yo estaba allí, te vi morir y te enterraron delante de mis ojos. No quieras quitarle importancia.

—Las cosas a veces no son lo que parecen Pablo, tú lo sabes bien, ni siquiera esto es lo que parece.

-Annita prosiguió mirando fijamente a Pablo.

-Mis padres me han puesto al día de tu interés pasados veinte años, para que Farzana encontrara a Luom, que como bien intuiste es su padre, y también deduzco que lo habéis encontrado porque veo que Farzana lleva colgado de su cuello el Menbukan.

-Así es, dijo Pablo, aunque más bien creo que fue él quien nos encontró a nosotros.

A vosotros y por extensión a mí. De una forma o de otra estoy aquí gracias a él.

Como se explica todo esto preguntó Oriol tímidamente.

-Quien eres, preguntó Annita mirándolo con firmeza, dándole a su tono de voz una dureza de la que no era consciente.

-Perdóneme, dijo ruborizándose.

—Me llamo Oriol Ventura, soy antropólogo y he tenido la suerte de ser testigo de primera mano de todo lo acontecido estas últimas semanas con mi gran amigo Pablo y con su hija.

-Solo se explica de una manera, le dijo Annita contestando a Oriol. Por una de las razones más poderosas que existen para corromper al ser humano, el dinero, la posesión de lo exclusivo sin importar los medios.

-Farzana, dijo Annita mirando a su hija, tienes que deshacerte del Menbukan, no tiene sentido que corras todo el riesgo que conlleva. Tus circunstancias nada tienen que ver con las de Luom y sus antepasados. Desconozco sus poderes, pero si se lo que es capaz de despertar en las personas, he tenido veinte años para comprobarlo y he perdido demasiado, no quiero que pases por algo parecido.

Debemos devolvérselo, insistió Annita. Luom no sabe de la maldad de este mundo y seguramente al entregártelo solo cumplía con una tradición de siglos sin intuir que te ponía en grave peligro.

—No puedo hacer eso, sería como traicionarlo.

-Lo siento mucho mamá, sé que lo haces por mi bien y que detrás de tus palabras hay una historia terrible, pero es lo único que tengo que nos vincula y me reconforta que así sea.

Correré el riesgo, dijo Farzana con determinación.

-Annita aflojó el tono de su voz, enseguida entendió que Farzana tenía criterio propio y que nada de lo que dijese podría persuadirla.

-Bueno, ha sido un día muy intenso dijo la yaya Pilar. Annita, si te encuentras bien podemos ir a cenar, no creo que la lechuga de las ensaladas aguante mucho más el aliño sin desmoronarse.

Pilar era especialista en rebajar la tensión y dar un toque distendido a los momentos más complicados con toda naturalidad.

Si mamá, claro que sí, dijo Annita. Todos sonrieron.

Una vez sentados en la mesa la cena discurrió con toda la normalidad que podía esperarse, solo Pablo estaba incómodo, aunque se esforzaba terriblemente por no parecerlo.

Terminaron de cenar y Pilar sirvió el café con rollitos de anís y aguardiente hechos por ella, y los dispuso en dos platos preciosos de cerámica de L´Alcora, en color blanco que heredó de su madre, que el tiempo había tornado amarillentos, sembrándolos de pequeñas rayitas que dibujaban un puzzle sin esquinas. Metáfora de las arrugas que había ido dibujando el paso inexorable del tiempo en ellos.

Una vez sentados todos en la acogedora terraza de la casa, Annita cogió de la mano a su hija. Ven, siéntate a mi lado. Tengo algo que explicarte, pero lo haré a su debido tiempo, ahora solo quiero recuperar en lo posible momentos perdidos, Farzana la abrazó y como si fuese una niña pequeña se quedó inmóvil con la cabeza en su pecho.

Pablo se acercó a las dos mujeres que tanto habían significado para el de una u otra manera en su vida.

- Esto no lo esperábamos nadie verdad Farzana, dijo.

Annita, me alegro de verte de nuevo, creo que como el resto tendré que ir asimilándolo poco a poco, pero me alegro, por ti y sobre todo por Farzana.

Bueno, dijo dirigiéndose a todos los allí reunidos,

-En vista de que todo ha acabado felizmente, más de lo que nadie podía esperar, Oriol y yo saldremos mañana a primera hora hacia Mahón, Oriol asintió.

-Nos despedimos ahora para no causar molestias, dijo con emoción retenida. Ha sido un gran placer conocerles dijo dirigiéndose a Damián y a Pilar. Annita, espero que un día no muy lejano me cuentes lo que pasó, me lo debes.

Sé que habrás sufrido mucho, pero necesito una explicación.

- Y a ti Farzana…

Farzana se levantó sin dejarle proseguir y le dio un abrazo.

—Gracias por todo Pablo, esto no es una despedida, sé que nos volveremos a ver muy pronto. Dale un gran abrazo a Elena y transmítele mi gratitud por su cariño y su hospitalidad.

Adiós a todos, dijo Pablo conmovido ¿vienes Oriol?...

-Sí, te alcanzo ahora mismo.

Mientras Pablo desaparecía detrás de la puerta de cristal verde rugoso que separaba la estancia de las habitaciones, Oriol se acercó a Farzana.

—Sabes que esto no es una despedida, creo que conoces mis sentimientos hacia ti.

—Ahora no puedo contestarte Oriol, dijo Farzana mirándolo con dulzura. Yo también te he tomado cariño, pero ya ves, tú mejor que nadie te das cuenta de que estoy en un momento de mi vida muy complicado.

—Lo sé dijo Oriol dándole un tímido beso, estaré cerca Farzana, muy cerca.

Se acostaron todos temprano, pensando en las emociones vividas. Damián y Pilar pensando en el giro que había dado su vida al reencontrarse con la hija que creían desaparecida para siempre.

Pablo en las incógnitas de la vida, en sus viajes, en lo inexplicable de lo acontecido con la que en otro tiempo fue su compañera de trabajo y donde lo había llevado todo aquello.

Y Annita en los reencuentros, en su hija, en las despedidas en los peligros...

-Mañana nadie recordará nada, pero de una u otra manera todos sabrán que he estado aquí.

Farzana se despertó sobresaltada, la habitación estaba totalmente oscura. Una luz azul venía del suelo. Intentó encender el flexo de la mesilla de noche pero no funcionaba, así que bajó de la cama y se dirigió a la puerta de la habitación haciendo lo propio en el interruptor del pasillo. Al hacerlo dejó entrar la luz suficiente en la habitación para percatarse de que el misterioso destello del suelo venia del amuleto, de su Menbukan.

Al cogerlo entre sus manos volvió a su estado original.

-Qué extraño pensó, mientras volvía hacia la cama. Me habrá caído al quitarme la ropa. De pronto se paró y se asomó por la ventana para asegurarse de que todo estaba tranquilo.

Hacia una noche espesa, oscura. La luna parecía una hostia redonda de pan ácimo mordisqueada. Le faltaban unos trocitos para completar su ciclo y llegar a su plenitud.

Resultaba hermosa, brillante, hipnótica.

Farzana dijo para sí aliviada

─Ahora entiendo la luz del Menbukan, solo era el reflejo de la luna en él. Con esta convicción y después de comprobar que nadie se había despertado volvió a la cama.

No tardó en dormirse, pero tuvo sueños angustiosos desde el primer momento. Un hombre con un diente rojo la perseguía intentando adueñarse de su preciada piedra, acabando este, con ambos ojos vacíos, como si la vida se le hubiese ido por ellos, tumbado inerte debajo de un reloj de agujas que marcaba las tres.

¡Han encontrado a un forastero muerto en la estación!, repetía una voz a lo lejos una y otra vez.

Era muy temprano En la casa nadie se había levantado, ni siquiera Pablo y Oriol que debían de salir de viaje.

Farzana se despertó al oír los gritos empapada en sudor por estar aún inmersa en pesadillas y bajó precipitadamente al piso de abajo.

– ¿Qué ha pasado abuela?, dijo al llegar a la cocina.

Nada hija no te asustes, parece que han encontrado a un hombre muerto. Será algún vagabundo, ya sabes que en la época de la recolección de las naranjas andan por aquí muchos maleantes que no tienen el menor escrúpulo en pelearse hasta las últimas consecuencias. A alguno se le debe haber ido el asunto de las manos.

¿Dónde están todos? Preguntó Farzana.

-Siguen durmiendo, dijo su abuela y tú también deberías acostarte, murmuró regañándola. Yo me quedaré, prepararé el desayuno y algo de comer para el viaje a tus amigos.

– Prefiero quedarme yayi, dijo Farzana.

-Que cabeza más dura tienes dijo sonriendo.

-Está bien tesoro, te prepararé el desayuno.

En ese mismo instante llamaron a la puerta. Yo abriré dijo Pilar dirigiéndose a su nieta, tómate el café con leche. En la despensa quedan algunos rollitos de anís y magdalenas.

Ya estaba acabando el desayuno sumida en sus pensamientos, cuando se percató de que su abuela estaba tardando mucho.

Se levantó dando un respingo en dirección a la puerta de entrada. Allí vio a dos hombres, uno de ellos de paisano y el otro vestido de uniforme de la policía local.

Al ver a su nieta, Pilar les invitó a pasar y se dirigió a Farzana.

-Cariño, estos señores quieren hacerte unas preguntas, no creen que sea nada importante pero por lo visto el hombre que se ha hallado muerto llevaba un papel con tu nombre y unos garabatos de lo que parece ser tu colgante. Ya les he dicho que debe de ser un error.

- *¿Pero qué le pasa a todo el mundo con esa dichosa piedra, nos hemos vuelto locos?* Dijo en voz baja para sí.

Tranquilízate abuela, hazlos pasar a ver que quieren.

Al policía de uniforme ya lo conocía por haberlo visto muchas veces por el pueblo. Era Toni Saura, o como le llamaban todos los adolescentes en el pueblo "el monillo".

Y el otro era Víctor Chamorro "el secreta". Que iba de paisano pero por el mote se deducía que era vox populi cuál era su profesión.

Perdone que la molestemos, dijo el policía de paisano, pero necesito que conteste a unas preguntas.

—Adelante dijo Farzana, siéntense.

—Hemos identificado al fallecido como Emerson García ¿le dice algo este nombre?

-No, no me dice nada. (Farzana se había olvidado completamente de él, así que no mintió intencionadamente).

¿Puedo preguntarle donde consiguió la piedra que lleva colgada al cuello? Es un recuerdo de familia, dijo Farzana bajo la mirada atenta de su abuela. ¿Por qué me pregunta eso?

Porque al cadáver hallado en la estación llevaba esto encima, dijo el inspector enseñándole un papel arrugado, que esbozaba un dibujo garabateado parecido al Menbukan, con su nombre en una esquina.

Y porque han venido a buscarme a mí, preguntó Farzana algo contrariada, no sé qué tengo que ver en todo esto, además, llegué anoche y no he salido de casa.

-¿Quien ha podido percatarse del colgante?

—Señorita, le dijo Víctor, usted se ha criado aquí y sabe que en un pueblo pequeño no hay mucha intimidad, esto añadido a que su colgante llama mucho la atención. Parece una pieza única, dijo escudriñándolo con la mirada.

En ese momento entró Pablo.

—Perdone dijo dirigiéndose a los policías, no he podido evitar oír la conversación.

—Me llamo Pablo Traver, dijo extendiéndoles la mano. Amigo de la familia.

Los hombres se saludaron.

No quiero parecer brusco, pero creo que Farzana ya les ha dicho todo lo que sabe, les agradecería que no la molestasen más con este tema, si no tienen otra cosa que un papel garabateado.

—Creo que eso no va a ser posible Sr. Ventura, dijo el inspector Chamorro.

Hay un hombre muerto y aunque no presenta ningún tipo de violencia aparente, ha aparecido con los ojos en blanco, e incomprensiblemente sin pupila ni iris. En su poder tenía el papel que les he mostrado.

Este hecho, queramos o no hace que entre este hombre y Farzana Freires haya una posible conexión, que seguramente la muchacha desconozca.

-Pero comprenda que mi obligación es investigarlo.

81

Tendremos que esperar los resultados de la autopsia, así que si no es mucha molestia le rogaría que hasta que todo esto se aclare estuviese localizable, dijo dirigiéndose a Farzana.

-Tendré que tomarle declaración.

Que tengan un buen día, dijo secamente y salió de la casa acompañado del municipal.

-Gracias Pablo, dijo Farzana agradecida.

—Sabes quién es el muerto verdad, preguntó Pablo a Farzana. No, no tengo ni idea, ni siquiera me fijé en el nombre. Pensaba que habías mentido deliberadamente negando conocerlo.

Farzana lo miró con ojos interrogantes. Pablo prosiguió.

—Los dos hombres del restaurante del hotel de Kuching.

- ¿Te acuerdas? Emerson García, se presentó como tasador de joyas, él fue el que te propuso que le vendieras el Menbukan.

—No recordada su nombre, dijo Farzana pensativa...

-No puedo creer que el hombre que han encontrado muerto sea él.

-¿Entonces nos siguió desde Malasia?

-¿Con que propósito? Dijo Farzana pensativa.

-Pablo, creo que tenías razón, debí ocultar el Menbukan.

-Me duele mucho la cabeza, dijo Farzana. De repente. Sintió que se desvanecía.

-Pablo la cogió para que no cayera. ¿Qué te pasa?

—Farzana ya no contestó.

Por su cabeza empezaron a pasar imágenes, fotogramas sin conexión, oía las voces de los suyos que le parecían inmensamente lejanas, intentando despertarla, pero no podía responder.

Cuando abrió los ojos todo estaba blanco, Farzana se incorporó violentamente percatándose de inmediato que aquello no era real, por lo menos no pertenecía a la realidad que ella conocía. El blanco se fue desvaneciendo dando paso a un verde tritonal.

Todo fue tomando perspectiva, lo que veía le era familiar, sonidos e imágenes sucesivas y separadas por intervalos. Mientras se encontraba en esta borrachera de sensaciones vertiginosas percibió una calidez tranquilizadora en su mano, otra mano se entrelazaba con la suya. Farzana entró en un estado semi-hipnótico de fascinación cuando le reconoció.

¡Era Luom!

Farzana...ven. Se dieron un abrazo espontaneo, largo, ansiado.

Estuvieron así un tiempo tan inmedible que era imposible ordenar los sucesos en secuencias.

Cuando Farzana abrió los ojos, detrás de Luom vio a Annita, estaba allí de pie, sonriendo, mirándolos con la misma expresión de belleza penitente con la que Farzana la había visto hacía unas horas.

-Tengo que pedirte perdón dijo Luom a Farzana. Te entregué el Menbukan para que te protegiera, di por sentado que aprenderías a utilizarlo sin darte pautas y me equivoqué.

Tú vives en un mundo que los míos y yo ya habíamos olvidado, lleno de vileza e intereses.

Ahora un hombre avaricioso y corrupto ha muerto, él deseaba el Menbukan, intentó hacerte daño para conseguirlo y lo ha pagado con su vida.

Aún no es tarde, el amuleto protector de nuestra estirpe te pertenece y cumplirá su cometido. No lo exhibas, atesóralo y él te servirá. Mira a tu alrededor con esos ojos especiales. Desenmascara a quien hizo daño a Annita para que pueda descansar en paz. Yo estaré siempre contigo...

Farzana despertó empapada en sudor, solo acertaba a ver caras ondulantes.

Poco a poco todo se hizo nítido, real, ahora reconocía a sus abuelos, a Pablo y a su querido Oriol.

La ayudaron a incorporarse, Farzana tenía la boca seca y las ideas confusas.

- Que susto nos has dado hija, dijo su abuela con una sonrisa de alivio.

Anda ven al silloncito del patio que te dé el aire. Oriol la cogió en brazos y la sentó con suavidad.

El viento era fresco, revitalizante, y Farzana fue volviendo en sí.

-Siento mucho haberos asustado.

-Yayi, dijo Farzana dirigiéndose a su abuela. ¿Dónde está Annita, aún no se ha levantado?...Pilar se quedó petrificada. ¿Qué dices hija?

-Quiero ver a mi madre. Abuela, quiero que venga.

Pilar se echó a llorar en los brazos de su marido. Farzana la siguió ¿porque lloras? ¿le ha pasado algo? dijo Farzana apesadumbrada.

-Pilar se repuso y la volvió a sentar en el sillón del patio.

-Tu madre se fue hace mucho tiempo cariño, pero tu abuelo y yo estamos aquí.

-Farzana. Le dijo Oriol al verla totalmente recuperada de su desmayo.

-Pablo y yo salimos para Mahón, cuando lo creas oportuno me gustaría que te pusieses en contacto conmigo. Yo vendré a recogerte encantado y pasaremos unos días en Ciudadela. Si Pablo no tiene inconveniente, claro.

-No hace falta decir que Elena y yo estaremos encantados de recibiros, dijo Pablo.

Claro, contestó Farzana. Estaré encantada de volver a Ciudadela. Solo necesito un poco de tiempo para retomar mi vida donde la dejé.

-Aunque después de los últimos acontecimientos, ya nada volverá a ser como antes.

-Farzana se dio cuenta de que esos últimos acontecimientos solo habían sucedido en su mente… ¿O quizá no todo?

No quiso hacer más preguntas para no parecer una perturbada.

Allí nadie parecía recordar nada en lo que a Annita se refiere.

Después de despedirse cariñosamente de Pablo y Oriol y una vez en su habitación arrancó el Menbukan de su cuello, lo guardó en una bolsita de tela con cierre de cordón con fuelle y rompió a llorar.

-¿Por qué Annita, porque me hiciste creer que habías vuelto?, ya no sé qué pensar, no lo sé.

Sumida en estos pensamientos perdió la noción del tiempo que estuvo llorando. Cuando aún tenía la respiración entrecortada pensó en lo que le había dicho Luom, o creía que le había dicho porque ya no sabía dónde acababa su realidad y empezaba la realidad paralela.

Pensó en la manera en que Emerson García había muerto y que en que al parecer corría peligro... ¿Tenía que llevar a cabo algún tipo de venganza? Esa palabra no le gustaba nada.

Perdida en estas reflexiones cayó en un profundo sueño.

Un rayo de sol se coló por sus pestañas. Farzana se levantó excitada, esperando no sabía muy bien qué.

Miró el reloj. Eran las doce del mediodía.

Bajó corriendo a la cocina para ver si había alguien. En el pasillo se encontró con Pilar, que llevaba la colada al patio para tenderla.

-¡Abuela!

-Vaya, buenos días dormilona, me alegra ver que has recuperado tu vitalidad habitual, ayer nos dejaste a tu abuelo y a mi muy preocupados. Ven ayúdame a tender y después te prepararé el desayuno.

Farzana le daba a su abuela las fundas de las almohadas que olían a espliego, mientras ella las fijaba a la cuerda de tender con pinzas de madera.

Charlaron del tiempo que estuvieron separadas y de los descubrimientos que hizo Farzana sobre su padre. De Pablo. De Oriol.

Cuando hablaba de este último se le iluminaban sus preciosos ojos.

Poco a poco y a pesar de lo acontecido, Farzana volvió a integrarse en el día a día, retomando su antiguo trabajo en la biblioteca.

Hablaba con Oriol por teléfono casi a diario, contándose confidencias, afianzando así el vínculo que los unía.

Todo estaba bien, pero seguía teniendo sueños espesos y pesadillas casi a diario.

Las palabras de Luom retumbaban en sus oídos al despertarse, sabía que tenía algo pendiente, una amenaza real, pero no sabía por dónde, empezar.

Pasaron los meses anegados de cotidianidad y todo parecía olvidado.

La investigación de la trágica muerte de Emerson García parecía zanjada. La autopsia confirmaba que su muerte fue causada por un accidente cerebro vascular, por causas desconocidas. Así que no volvieron a molestarla con este tema.

Estaban a mediados de marzo, rozando el equinoccio de primavera, cuando en una de sus llamadas Oriol la sorprendió invitándola a su casa de Mahón.

-Farzana, dijo Oriol, me gustaría mucho, ya que tú no parece que quieras tomar la iniciativa, que vinieses a pasar las fiestas de Pascua conmigo.

-Te encantará Mahón, tiene un puerto impresionante y preciosos paseos plagados de casas típicas con puestitos de recuerdos. Y si quieres podemos ir a Ciudadela a ver a Pablo y a Elena. Ya te dijo que estarían encantados de recibirnos en su casa.

¡Claro que quiero!, dijo Farzana sorprendiendo a Oriol con su entusiasmo.

Tengo muchas ganas de verte, y también a Pablo y a Elena.

¡Estupendo!, dijo Oriol ilusionado.

-¿Quieres que vaya a buscarte y venimos juntos?

-No te molestes Oriol, prefiero ir sola. Veré como tengo las vacaciones y te llamaré para decirte cuando llego.

Después de hablar durante un largo rato entre risas de las cosas que iban a hacer juntos, se despidieron con voz susurrante, dándose muestras del incipiente amor que comenzaban a manifestarse.

Oriol estaba en el aeropuerto esperando a Farzana con impaciencia.

Cuando por fin la reconoció entre el resto de pasajeros no pudo reprimir una exclamación de admiración.

-Qué mujer más impresionante, pensó para sí.

Y temblando de emoción se dirigió hacia ella.

Todo lo que le rodeaba mientras se acercaba parecía ir a otra velocidad. Cuerpos ralentizados y molestos, que le obstaculizaban el paso para reunirse con ella por fin.

Farzana lo había visto de lejos. Se dirigían el uno al otro buscando fundirse en un abrazo.

Cuando sus cuerpos se encontraron todo pareció pasar a mucha velocidad. Sin saberlo se amaban. Se amaban más de lo que ninguno hubiese estado dispuesto a admitir. Y así, entrelazados en cuerpo y alma, con los corazones desbocados, bombeando sangre y fusionados en sentimientos, se mantuvieron durante un instante en el que el tiempo desapareció ruborizado, *como hubiese dicho un poeta*, por la intensidad que estaba contemplando.

Cuando se separaron los centímetros suficientes para poder verse, se miraron a los ojos entendiendo lo que sentían, sin necesidad de hablar.

Los dos sabían que algo había cambiado entre ellos. Algo dormido. Algo retenido, que había salido dando empujones.

-¿Vamos a casa?, dijo Oriol poniendo su mano en el hombro de Farzana y apretándola contra él, mientras le daba un sonoro beso.

La muchacha le regalo una gran sonrisa como respuesta y cogiendo la maleta con poco equipaje, pero repleta de infinitas posibilidades llegaron a la casa familiar de Oriol.

-Es preciosa dijo Farzana, contemplando la casa a medida que iba acercándose.

La casa estaba enclavada en una calle empinada, sobre un acantilado. Un ruido estremecedor hizo que un escalofrío recorriese el cuerpo de Farzana.

La fuerza del mar impulsada por la "tramontana", hacía que el agua se estrellase con ímpetu ensordecedor en las rocas que rodeaban la casa, una preciosa y distinguida mansión de tres pisos con ventanas negras de guillotina, influencia de la arquitectura inglesa en la isla.

La fachada principal estaba pintada en color crema combinado con el blanco de los adornos de piedra, quedando el resto de casa en un segundo plano con solo un encalado.

Una gran enredadera de hiedra trepaba desde las rocas hasta la casa cubriéndola en gran parte, confiriéndole un aire elegante y misterioso

-¿Te gusta? Preguntó Oriol orgulloso cogiéndola por la cintura.

—Me encanta dijo ella, inspirando profundamente el húmedo aire que invadía la atmósfera.

-Entremos entonces dijo Oriol mirándola con ternura.

-Encenderé la chimenea y asaremos carne de cordero para cenar. ¿Te apetece?

-¡Claro que sí!, dijo Farzana. No hay nada que me guste más que el cordero asado en las brasas ¡tiene un sabor inigualable!

Te ayudaré a prepararlo.

– ¿Tienes alguna botella de vino para acompañarlo?

-Claro, una bodega entera, dijo Oriol mientras encendía el fuego de la chimenea. Ahora bajo a buscarlo.

Farzana se quedó sola en el salón delante de la chimenea.

Las llamas del fuego iluminaban su cara. El crepitar de la leña ardiendo resultaba arrullador, invitándola a perderse en sus pensamientos, invadida por una extraña atmósfera de abstracción.

¡Aquí estoy! Dijo Oriol alzando como un trofeo una botella de Somontano Gran reserva.

Ada ha seguido mis instrucciones de compra a la perfección, dijo complacido. Ahora mismo traigo la carne, ¡tiene una pinta fenomenal!

¡Estupendo!, exclamó contagiada por el entusiasmo de Oriol.

. –Por cierto, ¿quién es Ada? preguntó Farzana mientras preparaba una mesita auxiliar delante de la chimenea.

- Ah, pues es una señora muy dispuesta que conocí hace unas semanas de forma casual en la cafetería del centro. Ella necesitaba trabajo y yo a alguien que se ocupara de las tareas domésticas y el mantenimiento de esta casa cuando estoy en Barcelona y creo que he acertado, desde que está ella aquí todo funciona como la seda.

Me alegro mucho, dijo Farzana de forma despreocupada mientras terminaba de poner las servilletas y las copas para el vino.

De repente se sintió extraña, notó un calor repentino en el pecho e instintivamente llevó su mano al pequeño colgante de bolsita donde guardaba el Menbukan que llevaba atado al cuello.

Estaba tan caliente que tuvo que quitar la mano enseguida para no quemarse.

-Buenas noches.

Farzana se giró con rapidez hacia la puerta.

-Buenas noches respondió Oriol.

-¿Aún está aquí Ada? Es muy tarde.

-Ya me iba, dijo ella. Solo quería asegurarme de que todo estaba a su gusto.

-Está todo perfecto, precisamente ahora estábamos hablando de la buena pinta de la carne que le dije que comprara.

-Mire, le dijo invitándola a pasar. Le presento a Farzana Freires, estará en casa unos días.

Farzana la saludó con una sonrisa y Ada hizo mismo con una pequeña reverencia con la cabeza.

 Era una mujer de edad indefinida y llevaba unas gafas de vista redondas y tintadas que le daban una apariencia extravagante.

- Espero que disfruten de la velada, dijo Ada.

-Es un placer señorita Farzana.

-Igualmente Ada.

Y sin añadir nada más, salió dejando sola a la pareja.

-Oriol, dijo Farzana,...tengo la sensación de haber visto antes a esta mujer.

– ¿Qué sabes de ella?

-Poca cosa, la verdad.

– ¿Pero qué importa eso ahora?

-Ven aquí, dijo abrazándola, vamos a preparar la cena, estoy muerto de hambre.

—Claro dijo Farzana sonriendo, yo también estoy hambrienta.

La sensación de angustia había desaparecido y el Menbukan había vuelto a la normalidad.

- Mañana iremos a Ciudadela a visitar a Pablo.

-¿Qué te parece la idea? ¡Me parece fenomenal Oriol! dijo Farzana abriendo sus fantásticos ojos ilusionada.

Tengo muchas ganas de verlo y también me gustaría hablar con él sobre lo que pasó en mi casa, no he vuelto a verlo desde entonces, quizás él sí que recuerde haber visto a Annita.

-Vamos, dijo Oriol acariciándola. Ya hemos hablado de eso, estábamos todos bajo una gran presión y sobre todo tú.

Debes olvidarlo, tenías tantas ganas de que Annita estuviese viva que en tu cabeza lo viviste como si fuese real, pero fue un sueño, solo eso.

-Puede que tengas razón, dijo Farzana mirándolo con ternura, para acabar fundiéndose ambos en un apasionado beso.

El repiqueteo insistente de la lluvia sobre el cristal de las ventanas de la habitación despertó a Farzana. Oriol seguía durmiendo plácidamente a su lado.

Cuando abrió una de las ventanas de la habitación, la vaporosa cortina pareció abalanzarse sobre ella por la fuerza de viento.

Se oía un perturbador ruido de agua chocando sobre roca acompañado de un silbido asmático.

Es el "bufador" dijo Oriol abrazándola por detrás. Anda entremos, vas a quedarte helada

-Voy enseguida, le dijo Farzana sonriendo, mientras él se metía nuevamente en la cama

Se disponía a bajar la ventana, cuando divisó una silueta de mujer entre las rocas que le resultó extrañamente familiar.

Estaba allí, mirándola fijamente y le pareció muy triste y afligida.

De repente la silueta alzo la mano y con el dedo índice señaló la carretera.

¡Oriol, ven! Dijo cogiéndolo de la mano y empujándolo hacia la ventana. Hay alguien entre las rocas haciéndome señales.

Oriol se asomó sin mucho interés. No hay nadie Farzana.

Claro que si, dijo ella.

Oriol tenía razón. Cuando se asomó no había rastro de la mujer.

La lluvia se había intensificado y una espesa bruma cubría todo el horizonte en tonos de gris. *<Estoy segura de que había alguien dijo para sí>*.

Desayunaron temprano y se dispusieron a visitar a sus amigos.

Seguía lloviendo intensamente cuando cogieron el coche.

Los cuarenta kilómetros que separaban Mahón de Ciudadela, pasaron muy rápido para Farzana y Oriol.

Entre risas y anécdotas llegaron a la inconfundible casa del matrimonio.

Elena les recibió con un abrazo y después de cubrirlos de besos y con los ojos húmedos les dijo emocionada.

-Quien iba a pensarlo, ¡Me alegro tanto por los dos!...Pero pasad, no os quedéis ahí.

– ¡Pablo, mira quien ha llegado!

Pablo los recibió con los brazos abiertos.

–Que ganas tenía de veros, ya me ha dicho Oriol que sois más que amigos. Dijo dirigiéndose a Farzana.

-Nos estamos conociendo Pablo, dijo ella sonrojándose con sonrisa tímida.

Pablo estaba desencajado y sudoroso, a pesar de la humedad y de lo desapacible del día.

-Farzana, le dijo apartándola a un rincón, tengo que hablar contigo a solas, he estado estudiando a fondo todo lo relacionado con nuestro viaje en estos últimos meses y he hecho un descubrimiento sorprendente que puede dar un giro a todo lo acontecido.

Farzana lo miraba sorprendida.

-Sigue Pablo, ¿qué ha pasado?

-Hablaremos después de comer.

-Bien, dijo Farzana sorprendida.

Elena les preparo una nutritiva comida casera y disfrutaron de una sobremesa muy agradable, acompañada de ricas pastitas de mantequilla y la famosa infusión casera de plantas silvestres de Pilar.

Era un pequeño ritual en el que la esposa de Pablo servía agua hirviendo en vasos altos, decorados con motivos en dorado, e introducía ramilletes individuales de hierbas silvestres que Pablo recogía del monte.

-Yo lo serviré, dijo Farzana. Por supuesto hija, haz lo honores.

 Pablo seguía inquieto y en cuanto tuvo ocasión se llevó a Farzana al patio.

Oriol los siguió con la mirada intuyendo que algo ocurría. Los observaba desde lejos. Pablo hablaba algo azarado, gesticulando, mientras Farzana parecía escuchar atentamente sin inmutarse. Pasados unos diez minutos volvieron a reunirse con el resto.

-¿Todo va bien?, preguntó Oriol a Farzana.

-¿Qué quería Pablo?

-Nada importante, una historia bastante rocambolesca. La verdad es que no he entendido nada, le dijo un tanto contrariada.

Estuvieron charlando animadamente los cuatro toda la tarde, mientras degustaban la deliciosa infusión de hierbas silvestres y unos chupitos de hierbas, también caseros.

-Es la receta mejor guardada de mi familia, dijo Elena sonriendo, con las mejillas ruborizadas por el licor.

-Ha sido un día precioso, pero debemos irnos ya, dijo Farzana.

¡Son casi las ocho! Que rápido ha pasado el tiempo, dijo dedicándole una sonrisa a sus anfitriones.

Sí, añadió Oriol. Debemos irnos ya, con esta lluvia la carretera se pone peligrosa y está anocheciendo.

Oriol y Farzana se despidieron de sus amigos y se pusieron en camino hacia Mahón.

La lluvia caía con intensidad y apenas se veía la carretera.

Farzana estaba callada y pensativa, mientras Oriol pegaba la cabeza a la luna delantera del coche, intentando no salirse de la carretera.

Apenas habían recorrido unos kilómetros, cuando de pronto la figura de una mujer apareció de repente delante del vehículo. Algo le cubría la cabeza y el rostro, que resaltaba del resto como la luz de un faro en la inmensidad del océano.

Oriol pisó el freno con fuerza para no atropellarla.

-¿Qué demonios ha sido eso?

-No obtuvo respuesta. Miró hacia el asiento de Farzana y se quedó petrificado de pánico al no verla allí. Desconcertado y aterrorizado salió del coche.

No había rastro de la mujer de la carretera, pero en ese momento era lo que menos le importaba.

Llamó a Farzana repetidas veces en la oscuridad, sin obtener respuesta.

Preso del pánico y empapado hasta los huesos, Oriol corrió en línea recta, hasta más allá de donde los faros del coche alcanzaban a iluminar.

¡Farzana por Dios, contesta!, ¿dónde estás?

-Esto no puede ser cierto dijo para sí, sollozando como un niño. ¿Qué demonios está pasando?...

Oriol notó unos golpecitos en las mejillas e inmediatamente percibió que un intenso olor a hierbas envolvía la habitación. Tenía un fuerte dolor de cabeza.

Poco a poco y haciendo un gran esfuerzo abrió los parpados. Todo estaba muy borroso, pero adivinaba un rostro de mujer mirándolo fijamente.

Cuando consiguió fijar la mirada, dio un respingo, y se incorporó rápidamente. La mujer que intentaba reanimarlo era Ada, su asistenta.

Oriol, dio un vistazo rápido a su alrededor, e inmediatamente reconoció el salón de su casa.

El sol brillaba detrás de las cortinas y se adivinaba un cielo totalmente azul.

-¿Ya es de día?

¿Qué me ha pasado?, dijo mirando a Ada.

Sin esperar su respuesta, la cogió de los brazos fuertemente llegando a zarandearla.

– ¿Y Farzana?

-Tranquilícese Sr. Ventura.

En ese momento entró Farzana por la puerta abrazándose fuertemente a él.

-¡Estas despierto! Que susto me has dado cariño.

-¿Que me ha pasado? preguntó Oriol mirándola confuso.

Esa mujer de la carretera...

-Parece que algo que ingeriste te provocó delirios. Estabas fuera de ti. Afortunadamente frenaste de golpe evitando así que cayésemos por el precipicio. Acto seguido, perdiste el conocimiento.

Yo también me sentí enferma y vomité toda la cena. Cuando me sentí mejor vinimos a casa y llamé a Ada y al médico.

No te preocupes Oriol, pronto estarás recuperado.

Debiste tomar algo que te provocó esa reacción, hablaré con Elena para ver si ellos están bien. Parece muy probable que entre la infusión de hierbas se mezclase accidentalmente algún tipo de opiáceo.

Estaba Farzana explicando esto, cuando sonó el teléfono.

-Yo lo cogeré, dijo Farzana mirando a Oriol con cariño.

-Debes descansar, aún estas aturdido.

Hola Elena, dijo Farzana cogiendo el teléfono, tienes telepatía, precisamente ahora iba a llamarte.

Se hizo un silencio tan patente, que Oriol miró hacia donde estaba Farzana. Estaba rígida, y no decía nada.

Después de unos segundos colgó el teléfono, dejándose caer en la silla con la mirada perdida.

A pesar de su aturdimiento, al verla en estado de shock Oriol se levantó de golpe, dirigiéndose hacia ella.

-¿Que pasa Farzana?

Pablo a muerto.

-¿Cómo dices?, dijo Oriol sin esperar respuesta. Eso es imposible.

¡Farzana, reacciona!

-¿Has hablado con Elena?

-¿Que te ha dicho?

-Seguía rígida y una palidez lunar se apoderó de ella.

-Lo han encontrado en la carretera dijo. Con los ojos en blanco. Como al sudamericano que conocimos en Borneo.

Oriol hundió la cabeza entre sus piernas, llorando incrédulo por lo que acababa de suceder.

-Debemos ir con Elena, dijo de pronto Oriol.

-Farzana, ponte algo encima, nos vamos a Ciudadela.

-Quédate donde estas Oriol, no vamos a ninguna parte.

Farzana había cambiado de expresión. Se llevó la mano al Menbukan dirigiéndose a la ventana que daba al acantilado.

El día radiante dejó paso de repente a un fuerte viento de levante, las cortinas de gasa ondeaban hacia dentro como si quisieran huir de las negras nubes y de la espesa bruma que se aproximaba.

Oriol tambaleándose intentó llegar hacia ella, pero no pudo hacer nada. Farzana saltó al vacío.

Oriol dio un grito de desesperación y arrastrándose se encaramó a la ventana.

No vio nada, solo las olas enfurecidas rompiendo contra las rocas.

Ni rastro de Farzana. Perdido en un estado psicótico de irrealidad gritaba su nombre una y otra vez sumido en la desesperación, sin obtener respuesta.

Solo los silbidos del viento y las gotas de lluvia que cortaban como cuchillos golpeaban su cabeza.

-¡Ada!, gritó Oriol tirado en el suelo, llamando a su asistenta. Nadie acudió a su llamada.

Agachó la cabeza impotente, hundiéndola en sus brazos, preso de la angustia.

-¡Farzana! repetía una y otra vez en voz baja, ahogándose entre sollozos.

-No puedo rendirme, pensó. No puedo, tengo que ayudarla

Haciendo un gran esfuerzo, intentó ponerse de pie y alcanzar la puerta, pero no pudo.

La habitación se volvió roja, espesa, como si se estuviesen derritiendo las paredes, los muebles...Y Oriol cayó al suelo inconsciente.

Cuando recuperó la consciencia Oriol había perdido la noción del tiempo.

Se incorporó despacio intentando recordar los últimos acontecimientos.

Se encontraba mejor, el aturdimiento había desaparecido y tenía la cabeza despejada. De pronto se sobresaltó. Vino a su mente la visión de Farzana saltando por la ventana, apoderándose de él un gran sentimiento de angustia.

Se dirigió rápidamente a la escalera que conducía a la calle bajando las escaleras de dos en dos, dándose de bruces con Ada.

- ¿Qué ha pasado con Farzana? Ada, ¿sabes algo?

Ada lo paró cogiéndolo de los brazos.

–Tranquilícese Sr. Ventura. Farzana se encuentra bien, está en el hospital.

Oriol cogió su coche y a toda velocidad se dirigió al hospital.

-Parece que he tenido mucha suerte, le dijo Farzana a Oriol mirándolo con ternura.

-Me gustaría saber que está pasando.

-¿Qué demonios te paso por la cabeza para tirarte al vacío Farzana?

- No lo sé, lo último que recuerdo es a Pilar diciéndome que Pablo había fallecido. Entonces noté como un mazazo en la cabeza y cuando abrí los ojos estaba en esta cama de hospital.

Llamaron a la puerta con suaves toques.

–Adelante, dijo Farzana.

Entró una enfermera de cabellos blancos y cara de perro pachón.

–Sr. Ventura, preguntó mirando a Oriol. Le llaman por teléfono.

-¿Si, Dígame?...Oriol, soy Pablo, que demonios le ha pasado a Farzana, aquí en Ciudadela no se habla de otra cosa.

Oriol tuvo que cogerse del mostrador para no caerse al suelo.

Se repuso como pudo. –Pablo, ¡Estás vivo!

-Pero que estás diciendo Oriol. Claro que estoy vivo, dime que le ha pasado a Farzana.

-Pablo, no quiero hablar de esto por teléfono. Farzana está bien, pero no debe verte, ella cree que has muerto y no quiero que se lleve una impresión tan fuerte, después de lo que le ha pasado. Ya encontraré el momento oportuno para decírselo.

Ven esta noche a casa y hablaremos, le dijo a su amigo.

Aquí está pasando algo que no alcanzo a comprender. Desde que volvimos de ese maldito viaje...

-Pablo, temo que se haya desencadenado algo siniestro, algo que se está apoderando de nuestra mente y de nuestra voluntad.

El Menbukan no ha traído más que desgracias y desconcierto a nuestras vidas. Realmente temo por Farzana.

-Yo también creo que esta cadena escalofriante de acontecimientos, tiene origen en el Menbukan, dijo Pablo; intenté decírselo a Farzana, intenté convencerla para que se deshiciese de él, pero no quiso escucharme.

-Iré esta noche a tu casa. Intenta tranquilizarte. Muy bien, nos vemos esta noche. Y colgó el auricular.

Oriol respiró hondo delante de la puerta de la habitación donde estaba su Farzana.

Una vez recuperada la compostura entró diciendo,

-Era del despacho de Barcelona, nada importante, ya está todo arreglado.

-¿Cómo sabían que estabas aquí?, dijo Farzana sonriendo.

-Parece que han llamado a casa, y Ada les ha dado el teléfono, dijo intentando disimular en sus gestos la pequeña mentira que escondía su respuesta.

Oriol, se sentó en la cama junto a Farzana.

- Que susto me has dado cariño, le susurraba al oído mientras la abrazaba con fuerza.

Esa maldita piedra solo nos ha traído desgracias, sigo pensando que deberíamos deshacernos de ella y acabar con esto de una vez por todas.

-Oriol, por favor, no empieces con tus preocupaciones.

Pablo, pobrecito Pablo, él también estaba preocupado. En la cena me dijo que pensaba que había una trama terrible que se cernía sobre nosotros y acabamos discutiendo. Cuanto lo siento ahora, me hubiese gustado decirle tantas cosas.

Oriol no podía soportar que sufriera innecesariamente.

Sobre eso, Farzana, tengo que decirte algo. Pero Farzana estaba embebida en sus reflexiones, y sin prestarle atención continuó hablando.

Sé que Luom me dio el Menbukan para que me protegiese y con una finalidad muy clara, encontrar a los culpables de la muerte de Annita. Me siento tan inútil y perdida. Todo lo acontecido hasta ahora, no puede ser otra cosa que un desgraciado cumulo de extrañas casualidades, con una explicación lógica.

Pude haberme matado, y milagrosamente aquí estoy, viva para contarlo.

No sé qué debió pasarme, no lo sé. El cerebro debió gastarme una mala pasada al recibir la noticia de la muerte de Pablo e hice esa locura. Pero en mi interior algo me dice que no fue así, que todo estaba calculado. Algo me empujo, una voz me dijo que lo hiciera.

Es todo tan absurdo Oriol.

Mientras decía esto, Farzana se puso inconscientemente la mano en su cuello para tocar el Menbukan.

-¿Dónde está?

Farzana se incorporó rápidamente.

Oriol, no tengo el Menbukan.

No te preocupes dijo él, estará con el resto de tu ropa y objetos personales. Oriol salió a buscar a la enfermera y en unos minutos regresaba con una bolsa blanca sellada.

Ábrela por favor dijo Farzana. Efectivamente, allí estaba la ropa mojada con la que la rescataron, los zapatos y el resto de enseres, pero ni rastro del Menbukan.

-¿Quién me trajo aquí? No lo sé, no lo recuerdo, dijo Farzana con la voz entrecortada.

No te preocupes, lo encontraré, voy a hacer algunas averiguaciones. Ahora tienes que pensar en reponerte, el Dr. dice que te darán el alta en unos días.

Volveré pronto Farzana, le dijo mientras le acariciaba la mejilla con ternura.

Oriol preguntó en el departamento de admisiones por la persona, o personas que llevaron a Farzana al hospital sin obtener respuesta. Lo sentimos Sr. Ventura, esa información es confidencial.

-Claro, dijo Oriol a la señorita.

Gracias de todas formas.

Pero su intención no era la de marcharse sin lo que había ido a buscar.

Se sentó paciente en la sala de espera contigua, por la que veía perfectamente el mostrador. Eran las seis menos cinco de la tarde, el cambio de turno, pensó, al ver a la secretaria coger su bolso, y darle la bienvenida a su compañera.

¿Qué tal la mañana, mucho ajetreo?, le preguntó la recién llegada.

Bastante tranquila, contestó su compañera.

Voy a cambiarme, ya puedes irte si quieres.

Hasta mañana dijo la otra despidiéndose.

Oriol excitado, vio como el mostrador se quedaba desierto. Debía actuar rápido, antes de que volviese la auxiliar de ponerse el uniforme. Tenía poco tiempo, así que se deslizó con discreción hasta el ordenador.

Fue más fácil de lo que pensaba, en el escritorio había un archivo de "Admisiones".

Solo tuvo que abrirlo y buscar el historial de los ingresos del ese día.

-¡Ya lo tengo! Farzana Freires Forés.

Inspeccionó su contenido rápidamente. Era el historial de ingreso, pero no había ninguna alusión a la forma que había llegado allí.

Se le acababa el tiempo y no encontraba nada sobre las circunstancias de su traslado. Cuando ya iba a desistir, casi al final de la hoja leyó:

Trasladada a este hospital por el Sr. Arturo Grimalt Nebot en coche particular.

-¡Arturo Grimalt!, pensó Oriol para sí, el abogado y confidente de Pablo.

Con esta información tan sorprendente barruntando en su cabeza, salió a paso ligero del Hospital, para dirigirse a su casa, donde iba a reunirse con su amigo.

Dime que ha pasado, pregunto Pablo delante de un café bien cargado en la cocina de Oriol.

-¿Qué es eso de que Farzana piensa que he muerto?

Oriol le explico lo sucedido, pasando por alto su descubrimiento sobre Grimalt.

-Bueno, tenemos que calmarnos, y pensar como enfocamos todo esto. Vamos a dar un paseo por el puerto Oriol, de momento no podemos hacer nada por Farzana, más tarde iremos a visitarla y le contaremos lo sucedido, creo que tiene que saber que estoy bien.

—De acuerdo, dijo Oriol.

Vaya, parece que otra vez va a haber tormenta comento Pablo mientras salían de la casa. Qué extraño dijo Oriol, si hace un momento brillaba un sol casi de verano.

Este tiempo está loco, le respondió Pablo forzando una sonrisa.

Mientras bajaban por la empinada calle flanqueada por el acantilado y la inmensidad del mar, Pablo hacía cábalas sobre quién podía estar interesada en suplantar a Elena, diciéndole a Farzana que había muerto.

-¿Con que propósito?

—No lo sé dijo Oriol, pero tengo la sensación de que no vamos a tardar en averiguarlo.

El sol radiante fue absorbido por espesas nubes, que no presagiaban nada bueno. Un fuerte viento racheado comenzó a soplar con insistencia, fabricando pequeños remolinos en las esquinas con los papeles, las bolsas vacías y las hojas que estaban esparcidas por la calle.

—Será mejor que volvamos a casa, dijo Oriol observando a lo lejos las amenazantes nubes avanzando rápidamente, esto parece que va en serio.

Estaban aproximándose a la puerta de entrada cuando un fuerte golpe de viento lanzó a Pablo inesperadamente contra la verja de la casa produciéndole una herida en la cabeza que lo dejó inconsciente.

- Dios mío Pablo, estas mal herido, dijo inspeccionando el fuerte golpe que tenía en la cabeza.

Oriol gritó pidiendo ayuda pero no había un alma en toda la calle. Aguanta amigo, dijo para sí angustiado. Voy a por el coche, te llevaré al médico.

Se dirigía al garaje de la casa cuando escucho una voz a lo lejos, un grito hueco que no llegaba a entender. Miró hacia el acantilado y delante de él, como si hubiese emergido de entre las rocas que sobresalían en medio de aquel mar embravecido por la tormenta vio la figura de una mujer con las manos extendidas intentando comunicarse con él. Por más empeño que ponía en entender sus palabras, el fuerte viento acababa difuminándolas sin lograrlo.

Oriol sin pensárselo, creyendo que la mujer estaba en grave peligro, bajó corriendo calle abajo, llegando a la parte más baja y accesible del muro que llevaba hacia las rocas de la orilla.

Se disponía a jugarse la vida para salvar a aquella mujer en apuros, cuando sus palabras que antes eran indescifrables, sonaron altas y claras *"Aléjala de ellos"*.

Cuando Oriol levanto la vista ya no había rastro de la mujer.

Las nubes se disiparon igual de rápido que habían aparecido, dando paso nuevamente a un sol radiante.

Sin tiempo a asimilar lo que le había pasado, Oriol dio prioridad a la necesidad de socorrer a su amigo.

Al acercarse hacia la casa por la empinada cuesta vio a Pablo como se incorporaba, cogiéndose la cabeza en la parte que había recibido el golpe.

Menos mal, dijo Oriol aliviado cuando llegó a su altura. Vamos, te llevare a que te echen un vistazo a esa herida.

Oriol no creyó oportuno dadas las circunstancias, hacerle partícipe de la inquietante visión de la que había sido testigo.

Decidió que pensaría más tarde en ello y llevando a Pablo todavía aturdido, apoyado en su hombro, lo metió en el coche y se puso en camino hacia el centro de salud.

 Afortunadamente no era nada importante, el médico de urgencias le dio unos puntos de sutura en el cuero cabelludo y le recomendó reposo un par de días.

Sé que querías visitar a Farzana, pero será mejor que te lleve a casa. Tienes que descansar. Cuando vuelva iré a visitarla para intentar explicarle lo que ha pasado.

-No sé muy bien cómo hacerlo, la verdad, porque ni yo mismo lo sé.

Oriol llamó a la puerta de la habitación 405 donde estaba Farzana.

-¡Pasa Oriol! Dijo Farzana. Reconocería tus nudillos en cualquier parte.

-¿Ah, sí? Eres una brujita, le dijo riendo en tono cariñoso.

Traía con él una cesta de mimbre con dos perritos de peluche, que cuando le dabas cuerda subían y bajaban las cabecitas emitiendo pequeños ladridos.

Mira lo que te traigo, dijo mientras le daba un cariñoso beso. Es precioso Oriol, dijo sonriendo entusiasmada como una niña pequeña, muchas gracias cielo.

Oriol se aclaró la garganta para llamar su atención. Farzana, tengo que contarte algo.

– ¿Ya sabes algo del Menbukan? Dijo con ojos esperanzados. .

-No, aún no, pero sigo buscando.

Farzana, escucha. Siento tener que hablarte sobre el horrible episodio que te ha traído aquí, pero es preciso que lo sepas.

Cuando me llamaron esta mañana, no era mi secretaria.

Farzana lo miraba intrigada.

-Ah, ¿no? Dijo.

-No. Era Pablo.

-¿Qué estás diciendo? Dijo enrojeciendo de excitación.

-No te alteres. Por favor, escucha.

No lo sabemos, pero al parecer alguien se hizo pasar por Elena y te gastó una broma de terrible mal gusto.

Farzana confusa iba a hablar, cuando Oriol la interrumpió.

-Espera déjame seguir, esta tarde ha pasado algo que hace que albergue recelos.

—He estado pensando en lo que me dijiste sobre la mujer de las rocas que viste desde la ventana de la habitación, en ese momento no le di importancia y no volví a pensar en ello hasta esta tarde.

Hoy la he visto entre las rocas, como tú dijiste. Estoy seguro de que era la misma mujer que se puso frente a nosotros en la carretera haciendo que frenase bruscamente, evitándonos un accidente mortal de necesidad.

-Al acercarme a salvarla creyendo que estaba en peligro, escuché claramente como me decía en tono de aviso "aléjala de ellos". A la vez que desaparecía entre las enormes olas que golpeaban las rocas, sin dejar rastro.

No sé qué significa, ni contra quien pretendía prevenirme, pero estoy seguro de que es a ti a quien quiere proteger.

Farzana no pareció sorprenderse.

- Los dos sabemos de quien se trata ¿verdad, Oriol?

No hizo preguntas, ni esperó respuesta a su insinuación. Solo lo miró con ternura y acariciando los masculinos ángulos de su cara le dijo.

-He estado pensando en lo que me propusiste y haré lo que dices. Sabes que confío plenamente en ti.

Los siguientes dos días que pasó en el Hospital transcurrieron tranquilos.

Farzana, recuperada, y con todas las pruebas médicas en orden, recibió el alta por fin.

Hacía un precioso día de primavera coincidiendo con su salida del hospital.

Las flores de las jardineras que adornaban la entrada del edificio esparcían un delicioso aroma por todas partes.

Todo era perfecto. Demasiado perfecto pensó Farzana, que no podía quitarse esa extraña sensación de peligro que la perseguía constantemente. No quería ni pensar en qué clase de manos se encontraría él Menbukan.

La verdad es que su pérdida la había afectado profundamente.

-A pesar de esto, tomó aire y trató de borrar esos pensamientos negativos de su cabeza.

Después de todo, tenía motivos para estar contenta. Pablo estaba bien y eso la reconfortaba.

Oriol y Farzana subieron al coche para dirigirse a la casa, en silencio, elucubrando sobre todo lo acontecido.

De repente alguien cruzó la calle de forma inesperada, parándose en el medio. Se quedó mirando unos segundos hacia ellos y girando repentinamente, se dirigió a paso rápido en dirección al coche.

-¿Qué hace ese loco?

Oriol dio un volantazo, a la vez que frenaba para esquivarlo, pero fue inútil.

El cuerpo del hombre cayó sobre el capó aplastando su cara en la luna delantera, quedando totalmente desfigurado.

Oriol bajó rápidamente del coche para socorrerlo, pero el hombre murió en el acto. Ya no había nada que se pudiese hacer por él.

Un montón de curiosos se agolparon alrededor del coche accidentado. Farzana seguía sentada en su asiento, con la cara y el torso del hombre muerto a la altura de sus ojos.

A pesar de estar desfigurado lo reconoció inmediatamente.

Bajó del coche y metiendo el brazo entre el pecho y el capó, le arranco el Menbukan del cuello.

Oriol miraba estupefacto la escena, pero no dijo nada, porque a estas alturas ya nada le extrañaba.

No tardó en escucharse la sirena de la ambulancia que alguien de los presentes había avisado, y dos coches patrulla de la Guardia Civil se personaron en el lugar del siniestro.

Siguiendo el protocolo los agentes les tomaron declaración y después de asegurarse de que ninguno de los dos necesitaba atención médica, les llevaron a casa.

-¿Sabes quién es el hombre que has atropellado, verdad? dijo Farzana.

-Sí. Es Arturo Grimalt, dijo Oriol circunspecto.

Él fue quien te llevó al hospital después de tu caída por la ventana. Lo descubrí cuando estuve hurgando en la base de datos del hospital y me quedé boquiabierto. Era mucha casualidad que él anduviese por allí en el momento preciso.

Pensaba ir a buscarlo, porque sospechaba que era él quien durante el traslado, y aprovechando que estabas inconsciente te lo arrebató.

Pero ya ves, no me ha dado tiempo.

Esa piedra tiene sus propios planes y ha vuelto a su legítima dueña castigando a todo el que pretende apoderarse de él.

—Viste sus ojos, dijo a Oriol mirando al vacío.

Sí, contesto Farzana. Totalmente blancos.

Si esto se investiga lo relacionarán con la muerte del Sudamericano y la policía creerá que tengo algo que ver, dijo angustiada.

-Tranquila, no creo que nadie se percatara de eso, tenía la cara desfigurada del golpe.

-¿Porque me está pasando todo esto Oriol? Dijo Farzana abrazándolo desconsolada.

-No lo sé cariño, no lo sé, pero no dejaré que te pase nada, mañana mismo vamos a devolver el Menbukan al lugar de donde procede, quizás así acabe esta pesadilla.

-¿Y Luom? El me lo confió para descubrir lo que pasó con Annita.

—Farzana, dijo Oriol cogiéndola fuertemente de los hombros.

-¿No te das cuenta? No se trata de descubrir lo que le sucedió a tu madre. Es una venganza, una ejecución. Tú eres el instrumento y el precio de los que la dañaron por codicia, es su vida.

El valor de esa piedra es incalculable y está claro que debe de haber gente sin escrúpulos intentando apoderarse de ella.

Devuélvesela a Luom, es la única manera de parar este despropósito. Oriol se quedó mirándola, esperando expectante su respuesta.

Después de unos segundos Farzana reaccionó.

-Te dije que confiaba en ti y sé que es lo mejor. Haré lo que dices, dijo secándose las lágrimas sin poder evitar en su interior un gratificante sentimiento de liberación por la decisión que acababa de tomar.

En ese mismo instante entró Ada con una bandeja de café.

Me lees el pensamiento Ada, dijo Oriol en tono alegre. Para él también había sido una liberación que Farzana aceptara devolver el Menbukan. La amaba, y quería compartir la vida con ella, una vida sin miedos y sin duros lastres emocionales.

Déjelo encima de la mesita Ada, ya nos serviremos nosotros.

Al dejar la bandeja Ada dio un tropezón en la alfombra y un pequeño cristalito cayó al suelo.

—Vaya, que torpe soy, dijo sonrojándose, creo que me ha caído un pendiente. Ada se agachó inmediatamente al suelo para buscarlo. No te preocupes, dijo Oriol con una sonrisa al verla tan apurada, ya aparecerá cuando pases la aspiradora.

La mujer parecía no escuchar. Seguía a gatas, buscando por el suelo del salón, con la cabeza hundida entre los brazos.

Vamos Ada levántate, dijo Oriol cogiéndola del brazo con cariño, no puede ser tan importante. Farzana se levantó con la mirada fija hacia donde estaba ella.

-¡Ada, levántate por favor!

-Lo dijo con una contundencia que pilló de sorpresa a Oriol.

–Levántate. Quiero que me enseñes una cosa. Ada se quedó inmóvil. Por favor Ada, te he dicho que te levantes, volvió a decir con acritud.

Ada obedeció levantándose poco a poco agachando la cabeza.

Mírame por favor. Ada levantó la cabeza y Farzana le quito las gafas oscuras que llevaba por su declarada fotosensibilidad.

El cristalito que había caído era una lentilla de las dos que llevaba. Eran de color marrón oscuro. Lentillas que llevaba para ocultar la peculiaridad de sus ojos, idénticos en color a los de Farzana.

Oriol se quedó estupefacto al ver aquello.

-Tú eres la mujer que vino con Grimalt a mi pueblo, dijo Farzana clavándole los ojos.

-¿Quién eres en realidad?, ¿qué es lo que pretendes?, dijo zarandeándola.

La mujer que conocían hasta entonces como Ada se deshizo de Farzana como pudo y salió corriendo de la habitación.

Oriol salió tras ella.

Recorrió toda la casa, salió a la calle buscándola por los alrededores. Se asomó al escarpado acantilado. Pero no había ni rastro de ella, la mujer parecía haberse desvanecido en el aire.

Cuando Oriol regresó, Farzana estaba preparando las maletas de forma precipitada, echa un manojo de nervios.

Al verlo entrar en la habitación se abrazó fuertemente a él.

Estoy haciendo las maletas, Oriol tengo que salir de aquí o me volveré loca. Saldré hacia Borneo cuanto antes, para devolverle el Menbukan a Luom.

-¿Cómo que tienes? Dijo Oriol.

-¿Es que piensas marcharte sin mí?

-Sí. Compréndelo, no quiero que corras peligro, yo tengo su protección, no me pasará nada. Cuando todo acabe me pondré en contacto contigo.

De nada sirvieron las quejas de Oriol ni los argumentos para convencerla.

Cuando se dirigía por la escalera hacia el piso de abajo, dos cuerpos que por la posición del sol se veían como dos sombras, obstruían la puerta de entrada.

Cuando llegó a unos pasos de la puerta reconoció a Pablo y a Elena. ¡Pablo!, gritó abalanzándose sobre él, gracias a Dios que estas bien, me hicieron creer que estabas muerto.

Tengo que irme, Oriol os lo explicará todo.

-Creo que no vas a ninguna parte, dijo Pablo. Farzana estaba perpleja ante la actitud amenazante de su gran amigo.

-Elena, dijo Farzana mirándola.

-¿qué ocurre?

No obtuvo respuesta. Farzana retrocedió unos pasos confundida por la hostilidad de los que creía sus amigos. Tienes algo que queremos Farzana. No puedes llevártelo.

-Entréganos el Menbukan.

—Nunca, dijo Farzana consciente de la traición.

¡Oriol!   Gritó   Farzana   con   voz   desgarrada, ¡¡¡Ayúdame!!!

Quiero ayudarte cariño, dijo Oriol bajando lentamente la escalera, confía en mí, debes hacer lo que te dicen.

-¡Por favor, no!... ¿Tú también?

Dejadme pasar dijo gritando presa de la desesperación para abrirse paso hacia la calle.

Pablo la cogió con fuerza de los dos brazos inmovilizándola, mientras Elena intentaba llegar a su cuello para apoderarse del colgante. De pronto el Menbukan como depositario del pánico que Farzana sentía, se activó con una luz azul cegadora cargada de energía y Farzana con solo mirarla, lanzó a Elena violentamente contra la puerta de entrada dejándola aturdida.

Pablo la seguía teniendo cogida por los brazos, entonces sacó un cuchillo de pequeñas dimensiones afilado y muy brillante. Farzana, lo siento mucho, pero necesito tus ojos, tú nunca entenderías los infinitos poderes del Menbukan, ni sabrías aplicarlos.

 Aterrorizada y ante la imposibilidad de moverse, Farzana cerró los ojos con fuerza de forma instintiva, resignada a su destino, en estado de semiinconsciencia.

¡Farzana huye!...ya no notaba presión en su cuerpo, estaba libre. Abrió los ojos despacio por miedo a lo que se iba a encontrar.

-¡Corre, corre hacia el agua! Delante de ella estaba Ada, ahora sin gafas. Sin nada que disimulara su procedencia.

Oriol estaba a su lado sangrando por un brazo.

Se giró aturdida y vio a Pablo incorporándose.

Corre Farzana, corre hacia el agua.

Farzana salió corriendo y traspasando la verja de la casa se dirigió por el pequeño muro calle abajo hacia la parte más baja.

Una vez más el cielo se oscureció, el viento húmedo y frio soplaba con fuerza y allí a lo lejos, entre las rocas, reconoció a Annita.

-¡Mamá, ayúdame! gritó, mientras se sumergía en el agua.

Farzana sintió un abrazo cálido y envolvente.

Y perdiendo el sentido de la realidad se desvaneció en esa agradable sensación que la envolvía.

Todo ha pasado mi vida, todo ha pasado. Por fin podremos descansar.

Cuando Farzana abrió los ojos, había perdido la noción del tiempo.

Lo primero que vio la llenó de inquietud. Aún tenía grabada en su retina los últimos y terroríficos acontecimientos.

Todo lo que alcanzaba a ver era blanco, ausente de color.

Estaba acostada y notaba los brazos y las piernas extrañamente pesados y entumecidos.

Estando en la misma posición, viéndose incapaz de moverse, sintió que se colaba por su nariz un aroma familiar a tierra húmeda y a azahar la reconfortó de inmediato.

Se incorporó poco a poco y el blanco del techo iba quedando atrás. A medida que bajaba la mirada el aterrador blanco, fue convirtiéndose en paredes de papel pintado y objetos que le resultaban muy familiares.

La lámpara en forma de rosa de la mesita. La ventana que daba al patio donde se divisaban a través de ella hectáreas de naranjos en flor fundiéndose con el azul del cielo.

El olor a brisa yodada por la proximidad del mar. Los trinos de los gorriones jóvenes, que revoloteaban alegres estrenando sus primeros vuelos.

¡Estoy en casa!, pensó llena de felicidad.

Se sentó en la cama haciendo un intento de tomar conciencia de la situación.

Miró su cuerpo como si intentara reconocerse. Llevaba el camisón tostado con ramilletes de rosas diminutos, descolorido por los múltiples lavados, que tantas veces se había puesto. Mi favorito, pensó sonriendo.

Su corazón latía a mil. Se levantó hacia la puerta para llamar a sus abuelos presa de la emoción. Necesitaba tanto su abrazo.

Cuando la abrió no había nada, solo vio oscuridad. Una oscuridad gelatinosa, que de pronto se desparramó cayendo sobre ella toda la inmensidad del mar, sumergiéndola en una oscuridad húmeda.

Cuando abrió los ojos solo veía agua y espuma blanca formada por millones de burbujas diminutas.

No podía respirar, una sensación de angustia se volvió a apoderar de ella...Cuando ya pensaba que no había esperanza y que aquello era el final, cerró los ojos y se dejó llevar por su destino.

Volvió a abrirlos, y miró a su alrededor. Ahora estaba tumbada en el suelo entre hojas de grandes dimensiones repletas de diminutas gotas de rocío. Todo lo que le rodeaba era azul, un mundo que le resultaba familiar y a la vez ajeno y lejano.

—Bienvenida Farzana.

Una voz profunda y tranquilizadora le hablo al oído.

Farzana se giró buscando la procedencia, y como si se tratara de un *dèjá vu,* tenía a Luom a su lado como la última vez.

Farzana, mi hija. Prosiguió Luom. Cuanto siento que hayas tenido que pasar por esto, pero estaba escrito, y así debía de ocurrir.

—Los responsables de todo ya no podrán hacerte más daño y están pagando por lo que le hicieron a Annita.

Ahora puedes elegir a qué mundo quieres pertenecer.

Ven, quiero que conozcas a alguien.

Se adentraron en aquella selva de realidades subjetivas y llegaron a un claro con personas dedicadas a sus quehaceres, niños y niñas jugando despreocupadamente ¡todo parecía tan cotidiano!

Una mujer se acercó al verlos.

-¿La reconoces?, preguntó Luom.

-¡Ada! balbuceó Farzana al reconocerla...Su nombre es Anhoa y es mi madre...tu abuela.

-Ella te ha protegido durante todo este tiempo. Anhoa la abrazó cariñosamente. Siento no haber podido evitarte todo el sufrimiento, la gente a la que nos enfrentábamos era peligrosa e insistente.

Farzana la miró avergonzada.

-Si yo lo hubiese sabido...

No debes preocuparte por eso. Mi misión era protegerte y para ello no debías saber quién era yo.

-Ahora debes escuchar a Luom. Anhoa retrocedió unos pasos.

-Tienes que decidir ahora Farzana, dijo Luom

No queda mucho tiempo, podrías quedarte atrapada en ninguna parte.

Farzana bajó la cabeza apenada.

-¿Estás pensando en Oriol, verdad?

-No dijo ella, lo odio por su traición. Él estaba allí mientras...No pudo acabar la frase. Yo pensaba que me amaba y solo me estaba utilizando.

Luom seguía sonriendo, su dentadura blanca y perfecta encajaba extraordinariamente en los simétricos rasgos de su cara.

-¿Qué te hace pensar eso? Oriol siempre estuvo de tu parte Farzana, hasta el último momento mantuvo su doble juego para salvarte.

Si tú quieres volver, él estará esperándote.

Farzana se quitó del cuello el Menbukan, con sumo cuidado y se lo entregó a Luom.

He de volver a mi mundo e intentar retomar mi vida donde la dejé. Espero contar siempre contigo.

Luom asintió.

Siempre que me busques, me encontraras.

Todo había acabado y Annita descansaba en paz.

Farzana se sobresaltó. Notaba una quemazón intermitente en las mejillas, alternada con un Morse de puntos fríos que resbalaban sobre su cara. -¡Despierta por favor, vuelve conmigo!

Molestos golpecitos en la cara hicieron que frunciese el ceño y entreabriese los ojos contrariada. Se estaba tan bien en ese limbo atemporal en el que estaba sumida.

Al abrirlos vio la cara de Oriol a dos dedos de la suya, con los cabellos mojados goteando incesantemente.

-Estás mojado, acertó a decir Farzana mirándolo con una sonrisa. Tú también tonta, dijo Oriol balbuceando como un niño, sin poder reprimir las lágrimas.

-Estás aquí, dijo incrédulo. Creía que te había perdido para siempre. Has vuelto y eso es lo que importa.

Pilar servía un abundante plato de paella a Oriol.

-Cómetelo todo hijo, te estás quedando en los huesos. Oriol sonrió el gesto maternal de Pilar.

Después de la magnífica comida, Pilar sirvió el café en el patio, como era costumbre. Me alegro que hayáis venido, dijo a su nieta y a Oriol.

Os sentará bien la tranquilidad y la paz que se respira en el campo. Cuando pienso en todo lo que hemos pasado por culpa de esos desalmados. Pilar sacó el pañuelo arrugado del delantal, pasándoselo repetidas veces por los ojos y la nariz.

-Yayi, no llores, dijo Farzana apenada al verla así. No llores por favor, le repitió con cariño, pasándole los pulgares por las mejillas para secar sus lágrimas.

Oriol miró de soslayo al abuelo de Farzana.

Damián, era un hombre reservado y sensible. Nunca expresaba sus opiniones de forma tácita, y aunque no hablaba de lo ocurrido, percibía en su comportamiento distante, que aunque a él la policía lo había exculpado de cualquier vinculación con la trama, este seguía albergando cierto recelo, por la amistad que siempre le había unido a la persona que acabó de forma cobarde, cruel y despiadada, con la vida de su hija. Y que casi hace lo propio con la de su nieta.

La investigación policial había destapado una trama para apoderarse del Menbukan, sacando muchos detalles de lo acontecido a la luz.

Según los testimonios de las personas que trabajaron en diferentes ocasiones con Pablo, este estaba enfermizamente enamorado de Annita y de todos sus compañeros y empleados era sabido que ella lo rechazó en repetidas ocasiones.

Tras la imagen de hombre aventurero y noble, se descubrió que Pablo Ventura ocultaba una personalidad moralmente depravada y vengativa.

Cuando en Bali se enteró de que Annita estaba embarazada y de su amor por aquel indígena de la tribu Amoyaki montó en cólera. En su maquiavélica mente, lejos de hacer evidente la rabia que sentía permaneció imperturbable, mientras en su retorcida mente planeaba su venganza.

Se cree, ya que no se ha encontrado su cadáver, que fue debilitándola administrándole en pequeñas dosis algún alcaloide de origen vegetal, que seguramente él mismo preparaba, ya que había adquirido una vasta experiencia durante sus viajes por todo el mundo, en drogas y plantas.

Pablo llevó a cabo su plan con calculada frialdad, consiguiendo dejar el corazón de Annita tan débil, que el parto fue demasiado para ella, con un desenlace de muerte por fallo cardíaco.

La mató sin que nadie del entorno sospechase nada. Mandando a todo su equipo a España, para no tener testigos que pudiesen desbaratar sus planes. La enterró en una tumba, en algún lugar de la isla sin que constase en ningún documento oficial, aprovechándose así, de la dejadez administrativa que existía en la época, en lo que a extranjeros se refiere.

Consumada su venganza, mandó a la niña que acababa de nacer con sus abuelos. Su única familia, dos personas mayores, que sabía no harían preguntas

No fue hasta años después, cuando conoció a Emerson García de forma casual, que ambos se percataron de la importancia que podía tener la hija para apoderarse del Menbukan.

-Damián, dijo Oriol sentándose a su lado mientras Pilar y Farzana charlaban en la cocina.

-La haré muy feliz.

Damián se sobresaltó y no pudo disimular cierto sonrojo al percatarse que Oriol había captado sus pensamientos. Con esas cuatro palabras había contestado con rotunda claridad a sus reconcomios e inquietudes.

Mirando al novio de su nieta fijamente, esbozó lo que parecía una sonrisa.

Y allí, recostado en su sillón de mimbre, Damián permaneció con la mirada perdida.

Inspiró profundamente el cálido aire impregnado de aromas primaverales, exhalando a continuación en un suspiro.

Volvió a mirar a Oriol de reojo. Estaba con los ojos cerrados, mientras en su cara dibujaba una sonrisa plácida. Ya no estaba pendiente de la respuesta que Damián pudiese darle.

Desde allí escuchaban a las dos mujeres hablando y riendo, mientras secaban las tacitas y las cucharillas de café, como si nada de lo que había acontecido hubiese hecho mella en sus vidas. Y se dio cuenta de que tal vez todo lo que había pasado, en realidad solo era el mal principio de una esperanzadora e inesperada continuación...

Fin.

Printed in Great Britain
by Amazon

47305907R00081